婚姻是一种主观视角。
除了自己，
谁也没法给出任何标准。

带夫修行

格十三 著

湖南文艺出版社
HUNAN LITERATURE AND ART PUBLISHING HOUSE

博集天卷
CS-BOOKY

图书在版编目（CIP）数据

带夫修行 / 格十三著. -- 长沙：湖南文艺出版社，2024.2
ISBN 978-7-5726-1578-8

Ⅰ．①带⋯　Ⅱ．①格⋯　Ⅲ．①随笔－作品集－中国－当代　Ⅳ．① I267.1

中国国家版本馆 CIP 数据核字（2024）第 017227 号

上架建议：文学·随笔

DAI FU XIUXING
带夫修行

著　　者：格十三
出 版 人：陈新文
责任编辑：张子霏
监　　制：董晓磊
策划编辑：张婉希
特约编辑：紫　盈
营销编辑：木七七七 _
版式设计：梁秋晨
封面设计：潘雪琴
封面插画：非　鱼
内文排版：百朗文化
出　　版：湖南文艺出版社
　　　　　（长沙市雨花区东二环一段 508 号　邮编：410014）
网　　址：www.hnwy.net
印　　刷：北京嘉业印刷厂
经　　销：新华书店
开　　本：875 mm × 1230 mm　1/32
字　　数：197 千字
印　　张：8.5
版　　次：2024 年 2 月第 1 版
印　　次：2024 年 2 月第 1 次印刷
书　　号：ISBN 978-7-5726-1578-8
定　　价：49.80 元

若有质量问题，请致电质量监督电话：010-59096394
团购电话：010-59320018

序

　　世上有两种人：结过婚的和没结过婚的。神奇的是，现在社会里很多对婚姻看似了如指掌，擅长对婚姻生活夸夸其谈、评头论足的人，并没有结过婚。婚姻是最容易"道听途说"和"盲人摸象"的一种事物。

　　大多数未婚的人总是对婚姻充满着纠结。都市人看过太多从一个人自由自在到两个人互相掣肘的故事，这些故事的发生，也只不过消耗了主角们短短几年的青春而已。婚后三年、五年、七年、十年，甚至更久，人们很难去想象在漫长的婚姻中要如何保持新鲜度和热情，更何况还要应对各种糟心的磨合。

　　这个时代的很多人认为婚姻已不再是一种"必需品"，这种对婚姻生活的未知和迷茫贯穿都市女性的认知体系，其实，她们既想拥有一段美好的亲密关系，想拥有一个完整温暖的家，想拥有属于自己的亲情，又害怕婚后遇到糟粕和凌乱，自己会后悔。

　　其实，纠结来源于未知，更来源于一知半解。我同样见过很多人，因为进入了一段婚姻，拥有了一个或几个孩子，从而变成了一个更有意思的人、更丰富的人、更惹不起的人，因为他们变得"硬核"了。

对大部分人来说，婚姻可以分成"你以为的婚姻"和"实际上的婚姻"两部分，但谁能少了其中任何一部分呢？那就像人生少了一块一样，滋味不够。

正如欣赏电影，有人觉得温情、喜剧、大圆满的剧情才有意义，有人觉得犀利、扎心、揭露残缺面才有看头。而最好看的电影，往往是犀利、扎心、揭露残缺面之后仍能让人发现温情与憧憬的喜悦。

就像那些知道婚后生活的本质之后仍能充满热情地热爱每一天的人，他们总是能绚丽、自由地散发出美好的光亮，让平淡无奇甚至掺杂了些许不堪的生活，如清晨流过山涧的溪水一样，快速、热情、奔涌、叮咚作响，一路上从未停歇，在婆娑树影之下泛出清冽的涟漪和耀眼的光点，这便是生活最清楚不过又神秘莫测的鲜活的喜悦感。

目录 Contents

01
带夫修行

02

处成道友

03

纽约芝士
还是巧克力千层？

04

灵魂十问

01

带夫修行

想当年，我们不也是彼此的心腹吗。

心腹大患

让一个男人认真探讨婚姻是很难的，从心理角度分析，男人一般不太愿意在无解的事情上付出太多精力。女人就不一样了，这就是为什么一说起婚姻，女人总有一肚子话，男人总是稍稍露出苦笑。

有一次，老公参加了场同学聚会，回来后若有所思，竟要跟我探讨婚姻。这可是稀罕事，已婚男人一向擅长探讨汽油价格和利率的涨跌或各国发生了什么政治事件，但这次不同，他看起来好像突然长大了。

他说他们的同学会是当年几个关系好的大学同学每年定期的小聚，从一开始的十个光棍聚会，到后来大家说好有了老婆也要带来，女朋友不算，必须是领了证的。逐渐地，桌上男女比例开始持平。聚会最热闹的几年，两大桌都快坐不下了。再后来，有的说家里娃没人带，于是他们还带了孩子。再后来，带老婆孩子来的越来越少。直到昨天聚会，你猜怎么着？

又成了十个光棍的聚会。

他们吃饭的时候还特意聊起这事了，怎么就如此统一，像是约好的一样，大家都不带家属了呢？后来他们总结出，也不是不想带，是太太们没太大兴趣来了，而且她们之间早已形成了小团体，更喜欢女人之间的聚会聊天，呵，多少有点过河拆桥的意思。不过也好，老夫老妻一起参加聚会，已经到了几近尴尬的程度，在家都没什么话可聊，一起出门时还要装作互相是对方的知己，好朋友之间再这么演没必要。据说同学中有一对夫妻，有一次在聚会饭桌上就吵了起来，原因是男的在推杯换盏之后跟兄弟们讲述了自己打算裸辞的心路历程，而他的老婆居然是第一次听到老公讲这事，两人开始争辩起来，最后吵到拍桌而去。

唉，本是夫妻间的事，在家都没沟通，在外人面前才冷不丁地了解到对方的动向，对中年夫妻来说，这好像也不是什么稀奇事。

这位暴烈的中年男人还跟我老公说："老三（因为我老公在寝室排行第三），你们夫妻性格都好，肯定不记仇吧？平时也能经常说说笑笑，不像我们，两口子脾气不对路，动不动就像干柴烈火，不是那种干柴烈火，是一点就着、易爆炸的干柴烈火。"

我老公对我说："我们夫妻俩是表演型人设立成功了，我们在家不也是干柴烈火，一点就着吗？"也不知道以前那种无话不说是从什么时候消失的，不过仔细想想，以前的无话不说也都是无聊的话，正事没几件，后来正事多了，孩子啊，工作啊，身体啊，等等，反而不怎么聊了。

他还聊起了他的一个男同事，据说在公司里颇受女同事欢迎，新来的实习生妹子，不到三天已经请他帮着参谋买车了。他是真的受欢迎，看起来对女性温柔体贴、知冷知热、幽默，力气还特别大，一看就知道身体素质和心理素质都极强。但他老婆跟他提离婚半年多了，他拖着不离，原因是他找不到原因，只觉得他老婆太作。

我老公对此百思不得其解，他捧着我新买的恐龙马克杯，泡着板蓝根，抿一口，说："怎么板蓝根都比以前苦了？我还是想不通，他那么受女人欢迎，怎么还是照样落得个被离婚的下场？女人的思路和男人的视角可能真是不一样的，这有点像数学了，不懂就是不懂，怎么讲都不懂。你看啊，你们女人吐槽老公是直男①，不懂女人，可结婚前你们也没有在意这些啊，怎么一结婚反而比谈恋爱时要求还高？对你们的一些吐槽，说真的，我经常觉得莫名其妙，也很无聊。这些小事值得钻进去想那么多吗？但结婚多年后我们这些男人也多少有点体会：重点不是值不值得，而是到底谁应该退一步。社会上有种声音说：'只要男人够好，婚姻多数是幸福的。'这不就是说男人应该做那个在婚姻里首先退一步的人吗？从这个角度来说，倒不一定证明男人一定有错，反而可以证明男人在婚姻里更难，更需要牺牲自己啊！想当年，我们不也是彼此的心腹吗，现在我们都沦落成啥样了。"

也许是板蓝根度数到了，轻易不聊婚姻的男人，一旦听他们聊起婚姻，就好像一个文学系教授听一个幼升小的娃认真地咬文嚼字一样，又觉得好笑、幼稚，又不太忍心打断。

其实说到我们曾是彼此的心腹，我没觉得。说是心腹大患，还

---

① 直男：网络用语。多用来指对待女性不够细心体贴、言行时常惹女性不悦的男性。——编者注（以下若无特别说明，均为编者注）

有那么点意思。

这种问题我也被问到过，有一次我在三亚参加活动，有位很年轻的读者问我："十三姐，你和姐夫平时相处也和文章里一样吗？是不是在家里也整天疯疯癫癫、嬉笑怒骂？"

你是不是也觉得这是个好问题？但是，整天疯疯癫癫、嬉笑怒骂难道正常吗？设想一下，婚后十年的夫妻，如同校园恋人一般，世界无他物，眼中只有你，嘻嘻哈哈、缠缠绵绵，顾不上晚饭的菜还没买，孩子的作业还没打卡，即将到期的车险还没落实，猫砂盆里的屎还没铲。这不像骚动的爱情，像病友切磋武艺。

但这个问题有点不好回答。我说不是吧，怕她美好的幻影破碎崩塌。我说是吧，又怕说瞎话遭雷劈。我只能对她说："哈哈哈哈哈哈，你娃上几年级了？"然后她立马忘了刚才的话题，开始跟我谈教育了。

一瞬间，话题从无解的酸腐上升到高尚的大格局，就像中年妇女把重心从老公身上转移到娃身上一样猝不及防。由此我又总结出一条人生哲学——对中年夫妻，大家不要问"你们在家欢乐吗？""你们每天都很恩爱吗？"这种类型的问题，请记住一个原则：大部分中年夫妻的婚姻其实差不多，虽然呈现形式可能多样，但实质只有一个——还没离。

这就是婚姻的张力与弹力，能屈能伸的夫妻关系才能持久，天天欢乐或天天不快乐都是一种病态。

据我所知，很多结婚多年后仍自称"我和老公无话不说"的女性，其主要原因就一个：她们的老公是"女性之友"，俗称"会聊天"。

"无话不说"这事是要看运气的，就像买彩票，你买到一张"女性之友"，恭喜你中奖了；如果买到的是"聊天杀手"，你就慢慢不想说话了。所以别以为"无话不说"是因为自己很善于沟通，其实你只是中奖了。

就这么说吧，有的女人结婚了，比单身还寂寞。比如我的一个朋友，她的女儿膝盖疼了好久，她跟老公商量带孩子去做个核磁检查，她老公说："没必要，跟我打太极，多练练站桩就行了。"

这是已婚女性的沟通常态：沟通了个寂寞。然后她自己带着孩子检查、治疗、做康复，全套下来自己成了这个领域的专家，她又懒得去跟那个满嘴都是太极的老公解释这一切。

已婚女性解决沟通问题的方式：自己扛下了寂寞。

如果说各位结婚是为了拥有一个灵魂伴侣，那我负责任地告诉你，你想多了，大多数人结婚只是有了个肉体伴侣，而且过不了几年，肉体就和灵魂一样，有没有伴侣都差不多……

我和女性朋友一天说的话和产生的共鸣与互动，可以碾压我和孩子他爹半年的量。几乎可以下结论：我就靠和同性朋友聊天来维持语言能力。如果哪天把我和我老公放逐到孤岛上，我会训练出和海龟对话的能力。不是我不想和他吐露心声，而是综合分析下来我发现：不吐露的性价比更高一些。

和那位打太极的先生一样，我家云配偶"一招毙命"的功力也不浅。我在微信里和妈妈们热烈讨论择校问题、中考政策、综评方法、教育方针、十年大计，为孩子的培养之路寻找指路明灯之际，他说："你别玩手机了，我袜子呢？""玩手机"已经和"缺乏运动"一起战胜了"多喝热水",成了直男标签。

婚前你侬我侬尚且受不了一句"多喝热水",婚后稳定的兄弟情怎么可能愿意听他说"玩手机"和"缺乏运动"呢?但更糟糕的是,人家也不是真的关心你是否玩手机伤身体、缺乏运动不健康,久而久之你会总结出一个真理:比起关心我,配偶更关心国际局势。

我跟配偶说,咱们家灯有点暗该换换了,他跟我说了半天某国领导人;我说有一把椅子晃得厉害该修修了,他跟我讲了一下大盘走势;我跟他说我想静静,他开始在我耳边循环提问"为啥儿子最近写作业写到那么晚",中间还时不时穿插两句"我袜子呢"……

于是这就导致很多女人跟老公交流讲究的是简单、高效。说的话字数越少越好,时效性越短越好。所以,在当代婚姻中,大家更追求效率和安全。

大多数情况下,你若闭嘴,便是晴天。

古人云,夫妻当相敬如宾。我到现在才开始懂得古人的深意,他们的意思是:你俩反正也不怎么熟了,何不把对方当成客人?其实古人是为了放过自己啊!

确实不怎么熟,我老公有一次看到我已经剪了三周的头发说:"咦,你头发怎么了,是掉光了吗?"呵呵,我没生气,更懒得解释,我们这把年纪,甚至连吵架都懒得吵。你酝酿了几个小时情绪,打了六遍腹稿,声情并茂地跟他吵了四十分钟,你会发现,你不过是吵了个寂寞而已。

就算吵架吵赢了,他也未必听得懂,我胜之不武。更何况他会抓住你吵架时的语病、不分前鼻音后鼻音、有几句话重复了三次以上等小问题来切入，但绝对不会想明白你吵架的中心思想和诉求是什么。他仿佛是在向我证明：老公这种生物，身体和灵魂总有一个在马桶上。

而婚姻告诉我们，吵架有时候也只能吵个寂寞，有时候我们生气不是因为吵架了，而是因为没吵架……毕竟人到中年，生气也要生在刀刃儿上。

其实女人也不指望配偶能多懂我们，只希望两个人是生活的盟友。结果呢，他成了对方辩友。如果我试图跟他探讨儿子的课外补习，他会说"你累不累啊"；如果我试图跟他探讨我为啥经常头疼，他会说"你的毛病就是胡思乱想想出来的"；如果我试图跟他探讨特卖会和薅羊毛，他会说"你不头疼啦"。但你把这些话说给闺密听，她第二秒就给你找好了特级教师和专家门诊。

所以，同学会从熙熙攘攘成双成对到孤芳自赏回归光棍，这就是婚姻的本质，没有什么可悲可叹的。从《安徒生童话》到八点档狗血剧，也就一张结婚证的距离。但也不必因此而恐婚，反正你不结婚也寂寞。结了婚至少能造个娃出来给你孤单的生活增添一丝情趣。

朋克配偶

成年人很多时候会靠做梦来弥补生活的苍白，我也会经常畅想一下未来，时不时描绘一下可能会出现的凄凉晚景或蓬勃的夕阳红，我比较侧重做最坏的打算。但他聊到未来的养老时总感觉一定会很蓬勃，因为等这批"70后""80后"基本实现财务自由的时候，都该养老了，而普遍只生了一个娃的我们，未来养老的大趋势就是去养老院。

我们不是怕给孩子增加负担，是嫌娃太给我们增加负担。

搞不好还要给孙子孙女辅导功课和接送上下补习班。有那工夫，我宁愿我们以后被孩子送进老年大学，而且是带宿舍、含吃住，最好还带医护的那种。我每天晚上做自己的朗诵作业和钢琴练习，周末还去老年班学曲艺和书法，和一群从一线退居二线的有文化有情怀的中产老头儿交朋友，多带劲啊。至于孩子他爹嘛，报个套餐，跟老哥们儿一块打太极、下象棋、钓鱼，还能坐绿皮火车去川藏线玩玩。

养老院单间是一个刚需。

根据广大中年妇女的民意，未来养老院里的"夫妻双人间"这种配置是鸡肋。要么搞单间，夫妻俩一人一间，最好还隔一两个楼层。距离产生美，否则天天抬头不见低头见，出门进门眼里都是他，还花那么多钱住养老院干吗，住这儿不就图换个心情不糟心吗。

而对未来养老院的营销方来说，真正赚钱的项目应该是推出市场需求度更高、受欢迎程度更大、更容易吸引顾客的套餐，比如"闺密／兄弟楼层买一赠一""姐妹淘／兄弟连套房优惠抢订"……毕竟奋斗了一生，努力了大半辈子，老了该有条实现"短暂自由"的路。但是吧，还不能离得太远，有些事还是只有夫妻间可以互相扶持，比如我生病了你给我端茶倒水，你生病了我给你捏肩捶背。

结婚多年后，大多数女人对"单身"和"自由"的强烈追求往往是很戏剧性的，她们哪怕进了养老院，也是"宁和闺密一张床，不跟老公一间房"；但你要是真叫她们离婚，让她们真的恢复单身，她们又不离，嫌麻烦。这也许可以称为"朋克式婚内单身"：一边保持婚姻，一边不是单身胜似单身。

近几年，"单身"成了一个热门的讨论话题。我看到一则报道，说我们国家一共有过三次单身潮，现在正在面临第四次。

第一次是第一部《婚姻法》出台，该法规否定了封建主义婚姻制度，一大批封建残余婚姻得到了解除，好多人恢复了单身。

第二次是20世纪70年代，知青返城掀起离婚潮，造成了不少人回归单身。

第三次是20世纪90年代后期，在改革开放自由思想的影响下，传统的家庭观念发生变化，离婚率剧增，导致很多人成了单身。

前三次都是因为离婚太多导致单身潮出现，现在这第四次就不一样了，是因为太多人压根就不想结婚，一直单着。

现在对很多年轻人来说，单身成了一种普遍现象或热门形态，人们对婚姻的观念已经逐渐变了。以前看到三十岁以上的人未婚，朋友们都很着急地问："还不结婚啊？"

现在，尤其是在一二线城市里，看到低于三十岁的人结婚了，朋友们都很着急地问："这么早结婚啊？"

我之前看过一个结婚率统计报告，结婚率最低的五个省市分别是：上海为 0.45%，浙江为 0.61%，天津为 0.61%，江西为 0.62%，山东为 0.63%。

看看，上海的结婚率才 0.45%，这是人性的扭曲还是道德的沦丧？哦，也可能是上海人最怕穷吧，因为我还看过另一个调查——"你觉得为什么现在的年轻人越来越不想结婚了？"在"没钱"和"宁缺毋滥"两个选项里，前者投票数高达五万八千票，后者只有三千多票。

虽然"恐婚"以及"没有对的人结婚"是大多数单身人士的单身理由，但是，"没钱"还是成了"不想结婚"的主要原因……

除了主观不想结婚，客观阻碍结婚的因素也越来越多了，为降低结婚率做贡献的人和事真的不少，比如离婚冷静期。

若离婚不自由，则结婚无意义。

所以"主动单身"的人越来越多了，大城市的姑娘们觉得自己以一顶百、独立自由，又能赚钱又会享受，为何要结婚让另一个人来分享自己的财富、瓜分自己的快乐、共享彼此的痛苦呢……

但大家没注意到，其实第五次单身潮早已在如火如荼地上演着，那就是"婚内单身"大潮。

别忘了，还有一种单身叫"丧偶"。有的人有配偶，但是他已经单身了。

有次看到网上的一个帖子："我问妈妈不结婚可以吗？妈妈说，如果外面烟花四起，街坊邻居饭味逸出，大街上一家人手牵手出行，你能忍住不哭就可以。"大家看完一定觉得生活的烟火气还是要在家庭的氛围中才能得以延展吧，没有结婚，孤身一人，还是凄凄切切、冷冷清清，好悲凉的感觉啊。

但话题一转，网友的回复亮了："街坊邻居饭味逸出，谁做饭？谁洗碗？谁收拾屋子？谁带孩子？大街上一家人手牵手出行，学区房买了吗？孩子功课谁辅导？孩子听话吗？我在外面逛街吃饭，拎着刚买的蛋糕和奶茶准备回家打游戏、看小说，迎头撞上蓬头垢面、一脸疲惫、拎着孩子的小夫妻，很难忍住不笑出声……"

这就说明，未婚单身一族有很多人已经看到了"婚内单身"的情形时有发生。

在一些婚姻里，确实会出现很多孤独的人，一个人做饭、一个人洗碗、一个人收拾屋子、一个人带孩子、一个人辅导功课、一个人带着娃到处上补习班……和未婚单身人士相比，婚内单身的人可能只是多了一个娃和一堆负担而已。

单身的形式几乎都在，单身的快感却不怎么有。

所以好多人就不明白，结婚到底是为了啥？以后的人类，可能越来越趋向于单身式生活了，无论是真单身还是伪单身。而众多单身形式中的最高境界应该就是"婚内单身"。

那是只有"单"却没有自由的单身，是只有"单"却不能推卸责任的单身，是只有"单"却羁绊更多的单身，这是一种更伟大、更博爱、更充满人道主义光辉的单身，同时还为结婚率、生育率做着或大或小的数据贡献。

比起未婚单身和离婚单身，"婚内单身"可谓更充分体现了一个人的包容性、精神耐磨性、情绪稳定性。正因如此，"婚内单身"才看起来那么高级。

但大多数人的"朋克式婚姻"是有期限的。

据说，在每年大学新生报到后，会出现一波离婚潮。那些"婚内单身"了多年却又不离的"朋克夫妻"，终于潇洒地迈出了那一步。

但定力更好的"朋克夫妻"们，还能再继续上演若干年和谐婚姻，哪怕在退休、开始养老后都依然持续着婚姻状态，但可以把"单身"的形式多元化、丰富化，比如再买一套房自己住……

有的人通过结婚来实现重组，有的人通过离婚来降低风险，但还有一些更厉害的人，表面上按兵不动，实际上已经在内心深处过上了另一种想要的生活，实现了灵魂的大和谐。

人这一生在伴侣关系这件事上有很多选择，但目的只有一个——让自己活得舒坦。所以，单身也不一定就是最优解。见招拆招，一个人才能真的活好。归根到底，无论婚内婚外，自己有经济实力，才能活得更好。

以前大家都说夫妻间最长情的告白就是"去养老院我还愿意和

你一个房间"，以后更深情的告白应该是"我会努力赚钱，以后赞助养老院盖两幢楼，你一幢，我一幢"。

有一次，我和几个朋友一起吃饭，有一位是二娃妈妈，她也不知受了什么刺激，来了就问我："你知道什么是十级孤独吗？"

这我可太知道了，十级孤独不就是一个人住院吗？

我想到了我三年前的那次住院手术，医生语重心长地跟我老公说："我们准备把你太太的手术放在明天。"

我老公顿时一愣，缓了缓，问医生："明天几点？"

医生说："早上8点，第一台。"

我老公听完，长舒一口气，拍着大腿说："那太好了，我明天晚上才出差，早上手术没问题，我还能给我老婆签字。"

说完，我们俩来了个默契对望，同时爆发出了"杠铃般"的笑声……

现在回想起来，当时病房里的一堆医生和护士应该是在想："这两人指定是有点什么病吧。"

其实，那次经历是我自我意识觉醒的一个重大转折点，从"你竟然不陪我住院，你不爱我了"，到"你居然可以给我签完字再出差，你真好"，这是中年妇女"硬核"灵魂初长成的标志性升华节点。

我们当时那饱含深刻内涵的笑声，又岂是普通人能随便理解到精髓的呢？

夫妻一场，无论是演变成战友情、兄弟情，亲情、道义，到最后，含金量最高的还不就是一个"签字之情"吗？云配偶平时无论多游离，能在手术室外面仔细阅读风险须知并果断签下放弃治疗，哦，不，同意手术，从法律角度到伦理角度，配偶是我们的直系亲属，还是有存在价值的。

我还记得，在那场"签字之情"来得正令人动容之际，他又补充了一句："要不我看看这次出差的八方谈判会议日程能不能稍微调整一下？"

我当时就拒绝了。好家伙，八方谈判、公司栋梁、业界劳模……作为贤内助，我又岂能为了一己私欲，阻碍他伟大而艰巨的事业呢？万万不可啊，开个小刀这种事，就当作切菜的时候割到了手，能劳师动众吗？不能，我们中年妇女最大的优点就是懂事。

于是那次，在云配偶的"签字之情"落地之后，他就出差去了。刚做完手术的我，终于得以在病房里睡一个安稳觉，不至于被配偶往我嘴里塞滚烫的小米粥而气得想砸东西，也不至于半夜还得捂着渗血的刀口爬起来给躺在沙发上鼾声正浓的配偶盖被子。

你看，中年妇女巧妙地把断舍离运用到极致，其实就等同于给自己造福。于是，越来越多的"不用陪"从我们嘴里冒出来。每一次"不用陪"都像一次光荣的加分，感觉胸前的红领巾更鲜艳了呢。

有些孤独，反而比不孤独来得更贴心，免去了我们一些难以言说的烦恼，对吧。

所以，尽管我体验过十级孤独，但我似乎并不觉得它很可悲。

我讲完这些之后，那位二娃妈妈不慌不忙地对我说："你这些都不算，听我的。昨天我带着二宝，陪大宝去上英语课，那是一节亲子活动课，结果二宝不愿意在里面玩，一个劲地大哭大闹。我好不容易把二宝哄得不闹了，手机突然开始一个劲地响。我家在装修，刚买的油漆涂料送错了地方，我在电话里更正了地址，送到后工头发现又送错了型号，我再反复打电话跟各方协调。每一次打电话我都要跑到教室外面，我每次跑出去二宝就要哭闹一次。我觉得很抓狂，就打电话给孩子他爸，叫他跑一趟去解决涂料的问题，结果他在电话那头不慌不忙地来了一句：'不行啊，我等会儿有一个很重要的会。'"

然后她说："我的十级孤独，就是在嘈杂热闹里，周围热火朝天、人声鼎沸，我手忙脚乱，感觉明明应该有人可以分担的，到最后却发现没有一个人能帮我，只能靠自己，于是内心寂寞无比。"

可不是吗，外面的热闹是别人的，内心的孤独是自己的。

中年二娃妈妈，其生活看似热火朝天、精彩纷呈，但当各种事交杂，连最亲的人都无法帮上忙的时候，当心里斩钉截铁地告诉自己"今天只能靠我自己搞定一切"的时候，孤独感满分。

这样想来，一个人住院什么的算不上孤独，至少会有一群人对你细心呵护、关怀备至，你可以什么都不用做，只需要躺在那里接受众星捧月。所以，皮肉之苦在人生里算不得什么苦。

而一个不得不让自己变成八爪鱼的中年老母亲，应对各种职责马虎不得，硬着头皮上，指望不上任何人，并且做这一切的时候还被认为是"应该的"，这种精神孤独的滋味，谁尝谁知道。

好多人觉得"不就带个娃吗，哪有那么费劲"，那是他们忽略了"带娃的同时，其他事情我们也一点不能少干"这个大前提，而由于带娃致使做其他事情都必须一心二用，这需要以内心修炼来中和。

原来，真正的十级孤独就是：我太懂事了。

曾经有一位读者，给我讲述了她带病给娃辅导完功课后自己跑到医院去打吊瓶的故事。她绘声绘色地描述了当时的情景："我换了一身最便于打吊瓶的行头，大跨步地冲进了急诊室，一吊就是三小时。上厕所的时候，我脖子上挂着包，嘴里咬着手机，一手举着吊瓶，一手提着裤子，姿势撩人，气势也绝不输人……"

还有以前和"懂事中年妇女"们切磋的各种心得，一个比一个"硬核"，每一个都比"一个人住院"要酸爽很多。

有意外怀孕，去做手术前还不忘先给自己炖上鸡汤的："当初不幸意外怀孕，一早去菜市场买了鸡回来用小火炖上，然后自己到医院做了手术，回家后鸡汤正好可以喝，喝完倒头就睡。"

有连看病都集中起来看，靠外卖小哥投食获得重生的："平时看病尽量集中在一天，一去医院就是四个科，效率绝对高。半夜胃疼，叫不醒老公，自己起来打车去医院吊盐水，早上回到家还给娃做了烙饼和煎蛋，然后再去床上躺着。"

还有一边骨裂一边照料全家，把自己活成一支队伍的："有一年脚踝骨裂，还不知道，背着儿子到处跑。晚上钻心地疼，早上自己去医院拍了片子缠上绷带，回家路上还买了菜。"

那么问题来了，婚后的十级孤独容易令人不满，常有抱怨，所以有没有解药呢？

我的一个朋友说过："你们啊，都太矫情。告诉你们吧，我一直就假设自己是单身。我老公如果为我做了什么，那是额外收获，都是惊喜。"

听了这话之后，我深受启发。

世上没有无缘无故的爱，没有无缘无故的恨，更没有无缘无故的孤独。有很多孤独，都是源于你对热闹的期待过度了。

一旦假设自己是单身，事情就好办多了。你是单身啊，你本来就孤独啊，所以你就不会抱怨孤独，还会对偶尔的热闹心存感恩。

假装单身，可以减少婚姻里 90% 的烦恼。

在心里默念"我是单身拖了个娃，我是单身拖了个娃"，然后一转身看到老公给大家洗好了水果，就会心存感激："嘿！多好的男人啊！"甚至迫不及待地跟儿子炫耀起来："你看这个叔叔，多热情！"

就这样，家庭和睦了，氛围和谐了，吵架也明显少多了。除了生二胎还得麻烦他，其他真没啥自己办不了的。

但为了能更懂事，大多数中年妇女已经掐灭了生二胎的小火苗，以方便自己更入戏地持续单身。

挂一个号看俩病

沉浸在学习之中无可救药无法自拔的我，这几天感觉适应了很多，尤其是当我交完第一单元的作业之后立马收到了第二单元的作业通知。这次离交作业又只剩五天，好有规律的样子，继续头悬梁锥刺股，真好。

但当我瞄了一眼这次的作业内容，我觉得不用到截止日期了！我马上就能交！

看看这题目：

"如何理解家庭中的冲突的本质？这些冲突的本质究竟是吵架的话题本身，还是冲突在家庭关系中的某种功能？"

这不就是聊夫妻吵架吗，简直撞我枪口上了，对我来说属于保底 10 万 + 的领域，信手拈来呀。

再仔细一看，不对，作业要求里还有：

"请从功能主义视角分析讨论。"

一瞬间，我醒了，我不是要写公众号，是要写作业……那就开始呗，然后一搜相关文献，好家伙，真的长知识！

居然有专门研究"两口子为啥吵架"的期刊论文。

好吧，在学术面前，我仍是个"菜渣"。

但转变一下思路，至少老师在布置作业的同时，也算给我提供了公众号选题啊。

这不是典型的挂一个号看俩病吗，赚了。

既然说到这儿了，婚姻问题，夫妻吵架问题，这么有趣的大课题，我可就不困了，我决定用我学到的心理学专业知识来聊这个事，虽然可能降低不了离婚率，但有望降低你们的血压。

我的导师告诉我们，有研究表明——低血糖与家庭冲突中的攻击性行为存在显著的正相关，也就是说，如果一对夫妻中一方有低血糖，那么他们很有可能冲突频率变高。

我觉得特别是有些中年老母亲啊，经常觉得自己容易炸，总是想发火，一吵架就担心发挥不到位，我建议你不妨测一下自己的血糖（我明天就去）。

那么问题来了：是不是只要夫妻俩都多摄取点葡萄糖，血糖不低了，两人就不容易吵架了呢？

答案显然是"不"啊，否则"三高"人群都成模范夫妻了。

所以说，拯救婚姻，不能靠摄取葡萄糖。

然后，好戏就来了。

心理学有史以来最喜欢自己人打自己人。

首先，心理学有一个学派叫"结构主义学派"，认为人的意识由基本的单元决定，比如你脑子里某个神经元或你身体里的葡萄糖含量，都属于构成单元，研究这些单元就是研究你的意识。那个低血糖相关性就是这个学派做的。

还有一个学派叫"功能主义学派"，一上来就批判那些结构主义学派的专家。这帮功能主义学派大佬认为，人的意识的本质不是取决于其构成单元，而是取决于它的功能（目的）。

在一段婚姻里，从结构主义角度说，血糖低可以成为你和你老公吵架的本质；但从功能主义角度说，你俩吵架是因为你们的意识功能没有得到满足。

举个例子。韩梅梅下班回家感到很累，不想带娃，就跟老公李雷抱怨了几句，李雷说"别叨叨了"，韩梅梅冷笑一声，嘴上说着"I'm fine, thank you（我很好，谢谢）"，等待吵架的序幕随时拉开。

他们吵架的本质既不是韩梅梅低血糖，也不是她脑子里缺少一块象征和平的灰质层，甚至也不是她今天非要老公完成带孩子这件事。

吵架的本质是韩梅梅日积月累对那个不懂共情和缺乏关怀的老公的不满，还有一沟通就要吵架的关系挫败感。好多人都是这么过的，虽然也经常觉得这日子没法过了，但"还能离咋的"？

所以说啊，想要拯救婚姻，不能从某个构成元素去思考缺啥，要从功能和目的上思考缺啥，缺啥补啥，要让这些功能得以实现，比如老公要体贴、关爱、共情、知冷知热、让韩梅梅一回家就进入爱的港湾、实现心灵的大和谐（编不下去了）……

当然，女人也同理，需要体谅、宽容、善解人意、多让着点直男……总之就是双方都得满足对方的关系需求。

你想想，为什么你和你的老板能和平相处，他再气人你也不会发飙，而你和老公总会因为一点根本不值得吵架的小事而爆发战争？

老板满足了你的大部分需求（如发工资让你养活自己，升职加薪让你满足自己，合作共赢让你适应环境）。

不妨摸着双下巴问问自己：老公满足了你什么？所以，那点小事只是导火索，真正触及意识，导致发飙的是长期被破坏了的关系功能。

消除日积月累的"关系挫败感"，关系的功能才会得以实现。如果你无法消除这种挫败感，那就不如试着把老公当客户，改变关系认知，才能改变关系……

这不是威廉·詹姆斯说的，是我说的。

下次吵架的时候，省点口舌，不要对着吵架的导火索那点小事穷追不舍，这是结构主义学派的陋习。你得放平姿态，向对方说出你的哪个需求没有得到满足。

著名的"离婚冷静期"，一个主要的作用就是防止你们因为一件无足轻重的小事就去做离婚的决定。在那一个月的冷静期里，很多人真的可以开始重新审视功能，发现彼此还能满足对方的需求，于是就不离了（民政局有心理学高人啊）……

学习了这个知识点，我觉得会对家庭关系有很大的帮助，感觉以后我都没法正常吵架了。

每次刚准备吵架，先扪心自问：我血糖低吗？然后在脑子里过一遍知识点，飘过十来个哲学家和心理学家，从功能主义视角分析一下，我到底是哪个目的没实现，我老公是哪个功能缺失了。再把上百个理论和模型挨个捋一遍，挖细节，找角度，深入探寻心灵深处的声音，与灵魂来一次跨越维度的拥抱……想着想着，五十分钟过去了，我已神魂颠倒，"敌军"已经睡着。刚才为什么要吵架来着？

不知不觉，学习心理学让我们徜徉在思想的深渊里呼吸困难，于是顾不上吵架了。

更重要的是，只要你开始学这个，就会于无形中又提升了家庭和谐度，你的老公将承担家里全部的家务和管娃，因为你是真的没空了。

"云恩爱"

近几年已婚人士都变聪明了，以前只有中年人才拒绝一切节日，现在连年轻夫妻都已经懂得了"不让中间商赚差价"的婚姻是何等难得，不管是逢年过节还是平常日子，所有用于"秀恩爱"的时段，都只有小年轻们才会狂欢。

但有人又说了：生活不能少了仪式感。于是，在"仪式感"和"不秀恩爱"之间，有了一种新的生存之道，比如"云恩爱"。

我的一个姐妹在朋友圈发了张自拍，她老公在评论区里发了三朵玫瑰花。大家说："你老公秀恩爱秀到朋友圈来了。"姐妹说："看我老公多实惠，送花都在朋友圈里送，绝不会去外面买一枝玫瑰，怎么能让中间商赚差价呢?!"

没错，就像大多数中年夫妻一样，我们在家如钢铁兄弟，出门像取经师徒，在网上则必须保留一丝性别元素，来一点传统意义上的恩爱，这就叫"云恩爱"。这是当下广大中年夫妻惯用的、最环保的、最节约的、最利民的恩爱方式，尤其适合"520"这种不疼不痒的节日。

"云恩爱"不是什么高精尖技术，结婚久了的夫妻，都能自成一派，逢年过节"云恩爱"，平时"云沟通"，总之就是更纯洁无私，更公开透明。比如我们平时就已经搭建好了各种"云恩爱"区块链，"云沟通"可以随时发生在某个微信群里——他说"别忘了给猫换猫砂"，我说"你去"，他说"我忙着呢"……

如果没有手机，世界将会怎样？别的不敢说，夫妻俩大半夜在家里可能互相找不到对方。如今，对好多已经没啥缠绵刚需的夫妻来说，只有手机和网络才是生存的阶梯、沟通的桥梁，就像"只有朋友圈才是恩爱的秀场"一个道理。这种"云式生活"让大家变得和谐了（因为打字吵架太耗电）。其实从有了娃开始，很多时候我们就得身不由己地拿出手机，闭上嘴，把关系架到云端。就像我的一位男性朋友的描述："晚上我在书房看书，我老婆给我打电话，叫我去给娃冲奶，她在卧室等着。"

慢慢地，没有手机就是夫妻俩沟通的最大障碍。

前阵子儿子有一个做小实验的任务，我匆忙地帮儿子准备好材料就去码字了。过了很久，队友（老公）从娃的房间给我发来微信："你这些材料不对，得重新准备。"我回他："你怎么不早点告诉我？"他回我："我刚才在厕所，没带手机，怎么告诉你？"

是啊，没有手机就是不行，毕竟只有在微信上说话的时候，我才能语气平和顺畅，也不方便立马动手。微信这个东西还真是解救了中年危机啊！而且，有很多话还真不方便当面讲。

在云端，我们俩相敬如宾，大气谦和，包容有风度；在线下，我们像刺猬夯毛，什么恩爱，不存在的。

"云恩爱"是当代夫妻共同抵抗生活碾压时最后的倔强，这种恩爱就是：眼不见才恩爱，见着了各种看不顺眼。正应了那句话："距离产生美。"云配偶加了三天班，我在家带娃岁月静好，给他发微信都是嘘寒问暖：冷不冷、饿不饿、几点回来；他一正常下班，在家就鸡飞狗跳，我俩要么不说话，要么就吵架。

见不到的时候，在线上的时候，相隔数里的时候，云山雾罩的，可恩爱呢；一旦两两相对，大眼瞪小眼的时候，就恩爱不起来，各自坐一边，一起躺，一人捧一个手机，必要时还能发消息对话："明天早上吃啥？""听你的！"不知道的还以为这是情话绵绵，殊不知两人就像地铁上挨着坐的陌生大哥，互不干扰，假装不认识……

一个优秀的云伴侣，不仅要做到物质形态上忽隐忽现、飘忽不定，也要做到意识形态上携手同行、同仇敌忾，这才叫优秀的人生合伙人。网络是中年夫妻精神上的美颜相机，我们俩只要一上线，我就容易产生一种错觉——"这是别人家的老公"，于是态度马上好多了，脸色也柔和了起来……回到家对着彼此的老脸，却没办法欺骗自己，于是形势大不相同……只有在云端交流，我才仿佛是一个正常人。毕竟一进家门，看到对方，就像对着一面照妖镜，里面都是家族屎尿屁、数不清的鸡毛、干不完的活和处理不完的账单……

真不晓得是肉体拖累了精神，还是精神升华了肉体。

世上最安全的夫妻关系，就是"云上"的日子。面对面，很容易出现无法预估的障碍，迫不得已的时候还得尬聊——

"大兄弟，你这衬衫又紧了啊！""彼此彼此，你的脑门也越来越锃亮了嘛。"

刚结婚的时候，我老问队友："你啥时候退休啊？"希望他能多点时间陪陪我。现在我常问队友："你啥时候出门啊？""你啥时候出差啊？""你想不想尝试一下离家出走啊？"不在云端的时候，真的是此时无声胜有声，一切尽在不言中，多说一句都是空。现在连吵架都是微信，回头还能检查一遍，查找哪些地方发挥得不好，便于下次提升。

而这种无声胜有声又带来了中年夫妻的另一种恩爱方式，叫"懂事恩爱"——我在各种烦的时候，你要懂事，不许来烦我，不要让我看到你的人，听到你的声音……安静，就是一种懂事。

有些队友就不太懂事，和老婆没话说本来挺好的，却偏偏不停地制造噪声。我一个朋友说她老公在屋里看《亮剑》，竟笑出声来，看了五百遍还能这样子，真的是很扰民。最后她不得不发微信提醒队友小点声。

在云端，暧昧丛生、情感起伏跌宕的对话，意味着后面有什么不可描述的云雨吗？然而实际上是"君在大床头，我在大床尾，深夜话情缘，网络一线牵"，然后……就没有然后了。

谈何云雨？中年人现在只有在云端翻云覆雨。也只有"云恩爱"才能实现真正的生命大和谐啊！

带夫修行

难以置信，每年"七夕"这类节日临近时总会有人问我："怎么过？"

更难以置信的是，有一次问我这个问题的人是二娃妈妈。大娃都上初中了，老二都会编程了，还问我七夕怎么过。

但我瞬间又陷入了反思：怎么，有俩娃就不能过七夕了？那一刻我已经开始给自己默默地灌鸡汤了：是啊，已婚有娃的女人，难道就不能追求浪漫了吗？中年老母亲就不能拥有仪式感了吗？

不！每个女人都要做精致小姐姐，每一天都要活得"带感"，每个节日都要认真对待！这叫爱自己！我把能想到的网上那些女性鸡汤都盘了一个遍……再看看人家，都俩娃的妈了还记得要过七夕！这认真生活的样子多好，我也要向她学习！对！我今天回去就开始筹备七夕！我去买点蜡烛，来个香薰，弄点红酒，整首爵士乐……对，就这么办！

我感觉自己的正能量快要爆棚了，预想得也差不多了，然后我问她："那你七夕怎么过？"

她说："我先送儿子去参加雏鹰小队暑期活动，再带女儿上写生课，上完写生课上芭蕾舞课，然后我得兜一圈超市买点东西，之后接儿子去我妈家，再去接女儿，把她也送到我妈家……"

我心想："好家伙，她铺垫了这么多，莫不是想说把俩娃都送走，好和老公来一顿二人世界烛光晚餐？"

接着她说："然后我就自由啦！我终于可以去见约了三周才约上的理疗师，好好来一次颈椎按摩！啊哈哈哈哈！"

当时我有一种失恋的感觉。但我还没死心，就像个没有等到奇迹的公主，瞪着一双无辜又充满期待的眼睛问她："那你老公呢？"

她猛地收起了灿烂的笑容，面无表情地说："他？好像开一天会吧，谁知道呢，别烦我就行！"

我猜到了开头，却猜不到这个结局。刚在心里喝完了一大碗鸡汤，发誓要做个好好过节、有仪式感的中年妇女，这才不到一分钟，怎么又回去了？

中年人果然干啥都快，连誓言都来也匆匆去也匆匆。

这感觉就像眼看一对情侣快要结婚了，突然间又散了，莫名有点失落。

也不知道这种期待着别的中年夫妻秀恩爱的奇怪感觉到底是怎么回事，也许就像一直瘦不下来的人看到比自己更胖的人减肥成功一样吧，这是一种"榜样的力量"。

可现在，榜样的力量瞬间瓦解，本想向她学习，没想到她比我更颓废。七夕一天可以约好多人，能约雏鹰小队，能约写生老师，能约按摩师，就是没约自己的老公。

果然还是不能对中年妇女抱有幻想，我们庆祝节日的方式终于从"红酒音乐玫瑰花"变成了"送走孩子去推拿"……

回想起若干年前，我也曾是一个盘算每个节日怎么过的小姑娘，从啥时候开始我们不过节了？

从对直男"懒得教育"开始，从"放过自己"开始，从"别浪费钱"开始，从"还有更多重要的事要记"开始。

大多数中年夫妻都懒得过节，每逢佳节顶多会与社会各界爱心人士共度。我们分别从同学同事群、亲友邻居群、养狗养猫群、育儿升学群、闲聊八卦群、吵架思辨群，以及吐槽抱抱群里，抢到很多红包，收获颇丰，总金额甚至可能超过了五块钱。

但你要让我们期盼从配偶那儿得到什么节日惊喜？不存在的。

如果说现在我和孩子他爹还有什么共同的期待，那就是期待孩子早点做完暑假作业。

如果说我们各自对彼此还有什么期待，那就是期待对方负责管好孩子早点完成暑假作业。

婚姻如同一场修行，修炼得好，受益的是自己，夫妻俩的关系也在修炼中不断得到升华——

新婚那年：宜言饮酒，与子偕老，琴瑟在御，莫不静好；

三年之后：锅碗瓢盆，鸡飞狗跳，奶粉尿布，没法睡觉；

七年一到：看到就烦，一说就吵，只求清净，不求相好；

七年以后：都是好兄弟，尽在不言中。

其程度也是随着有娃的速度、频率、个数而递增的。

有一个娃时，还能扮演其乐融融的三口之家；

有两个娃时，几乎多数时候在手忙脚乱中临阵磨枪；

有三个娃时，基本上一家五口一凑齐，再添俩老人，就能召唤灭霸①了。

这日子，没空你侬我侬，什么情人节啊，"520"啊，七夕啊，结婚纪念日啊，凡是能秀恩爱的事，都没老夫老妻什么事。

但也并非每个人都能顺利修炼到这一层。

我认识一对夫妻，以前经常吵架的原因就是女的抱怨男的"不上心"，比如家里的狗粮没了，男的忘了提前备货，女的就会哭哭啼啼：你为什么不提前买——你不关心家里的一切——你觉得这些都应该我来做——你把我当保姆了吗——结婚前你说家务都你做——这个家和我对你都不重要——不爱了……

但这女的"进化"不好，孩子上三年级了，还因为这种事要闹离婚，后来逐渐不闹了，我以为时候到了（七年已过），结果后来一问才知道，是那男的软磨硬泡让老婆开了个十字绣工坊。他老婆天天带着一群人在那儿研究绣花，甚至忙到了需要早出晚归的地步，从那以后，再也没空跟老公吵架了。

这件事很有代表性，它说明一些女性在一段关系中总觉得自己处于弱势，其实只是因为太闲了，想太多了。只要她们忙起来，没空去琢磨自己在这段关系里的所谓"委屈"，她们也就根本没啥委屈了。

---

① 灭霸：美国漫威漫画旗下的超级反派。

自己不在乎的事，也就不会从中感到委屈。自己无暇顾及的事，也就不会因为别人也不顾及而感到委屈。

这就叫"打铁还需自身硬"。

一起生活多年的兄弟，满屋子和娃玩"狙击战"，誓死共存亡，共同应对一会儿一变的教育路线，共同勇斗每月各类清单账单，互相吐槽后方指挥官（爹妈），乘风破浪，披荆斩棘……其实两个人每天能保持不闹心就已经很好，因为吵架给人的感受真的太糟心了。一生很短，不需要太多惊喜，尽量减少惊吓才是王道。

于是，曾经幻想着可能出现的童话故事也不能摧毁塑料夫妻情，时间一长，塑料都成了化石，还掺杂一点钢铁意志在里面，最后变成了坚不可摧的堡垒。每一个女人都是通情达理的小天使，有时候你觉得她作，那只是因为时辰未到，还欠火候。再多吵几年试试，会有彩蛋①。现在的我，每次看老公不顺眼的时候就默念安徒生童话《老头子做事总不会错》。

把生活过得戏剧化，是中年人解救婚姻的最好方法。提升自己的意志和保持不屑一顾的生活观，就是个幸福的狠人。

有一次居委会来我家，让填个表，结婚日期一栏，我老公愣是空着。居委会大妈也没眼力见，还特地提醒了一句："小伙子，这个结婚日期填一下。"我老公紧张而羞怯地瞄了我一眼。当时我脑海中一万匹羊驼奔驰而过，心中还发出了羊驼空灵的嚎叫。然而，作为一个自身修炼过硬的女人，我机智地说："哈哈哈哈，我也不记

---

① 彩蛋：影视剧片尾附加的片段，目的是提高观众的观影趣味。

得了，哈哈哈哈，要不就随便蒙一个吧，哈哈哈哈，你就填九月九号吧！"他感觉如获新生，还乐呵地唱上了："又是九月九……愁更愁，情更忧……回家的打算……始终在心头……哈哈哈哈……"居委会大妈热情地夸我们："你们俩真逗，结婚日期都不记得，还这么开心啊。"我只能对她说："爱笑的人，运气不会太差。"

聪明的女人要慢慢学会避开雷点，我们有很多朋友，有美食，有自娱自乐的方式，别盯着那个不解风情的男人，转过身，世界精彩得多。现在对我来说，一束鲜花不如一顿小龙虾。但要了小龙虾，就不能因为没有鲜花而苦恼。怪谁呢？要装圣母，就不能还留着凡人的念想呀。如今大家兄弟一场，知根知底，不求徒有其表的虚荣，只求实打实地好好过日子。所谓夫妻变亲情，就是一场又一场的更换。

用鸡汤换掉鲜花，用洗洁精换掉巧克力，用无须言表的相濡以沫换掉挂在嘴上的海枯石烂。嘴上说着最微小的柴米油盐，心里掂量着最重要的相爱相杀，那份不再鲜亮却越来越厚重的情感，永远年轻，永远热泪盈眶。

这份难能可贵的兄弟情，没几百个回合的战斗根本打不下基础。

行色秋将晚，交情老更亲。

就要个体面

有一次，孩子他爹出门，我给他发消息，让他回来时给我带杯咖啡。过了半天，他回复我说："我不经过咖啡店啊。"

我说："你开车兜一圈就经过了。"

他说："你昨天不是说以后只喝热水吗？"

我说："我没说过。"

他说："咖啡喝多了不健康。"

我说："不喝也并没有多健康。"

他说："你怎么老抬杠？"

总之就是他储备了一万多个理由，企图说服我说出"算了不要了"。他有空跟我扭扭捏捏推推搡搡几百个回合，但就是不想利索地直接去给我买杯咖啡带回来。怎么，你难道没有危机感吗？别忘了，你不珍惜的这个机会，也可能是别人求而不得的美差；你不愿意做的这件事，总有一个人抢着想做。那个人，他绝不阻挠我的想法，从不打击我的情绪，更不会嫌我吃得多；他不会以健康为借口阻止我，也不会找各种理由推脱；他永远对我百依百顺，永远以最快的速度飞奔到我面前，满足我的一切需求，从不对我说半个"不"字，他就是外卖小哥。

时代的洪流正在向我们证明：女人的消费自由是不能被任何人阻止的，尤其是男人。然而，随着层次的不断提升，"消费自由"已经不是我们的目标，高层次女人正在追求"消费体面"。

啥叫消费体面？就是我这场消费要忠于自我，不被诟病，还要风风光光，不留话柄，不用听某人叨叨，不用看别人心情。

比如体面地消费一杯咖啡，不光是一场口舌与肠胃的洗礼，更应该是一场精神与灵魂的慰藉，不允许存在污点。有钱可以让外卖小哥随叫随到，但有钱又有本事的人，应该不只能驾驭外卖小哥，还得能驾驭跟你唱反调的人。于是我花了三秒钟，买了一张五百块钱的咖啡卡，甩给了云配偶。

就像偶像剧里财大气粗的霸道总裁丢了一辆跑车给女一号，然后说："开着它，去给我买一把葱。"事实证明，男女之间最稳固最不闹心的关系，还是金钱关系。你看，五百块钱的卡包一到手，他废话也没了，说教也停了，也正好路过咖啡店了，也不觉得咖啡不健康了，连顺便多买一个甜点都毫无怨言了……十分钟后，下午茶已经放到了我的书桌上。

呵呵，万万没想到啊，少女时代梦想着自己能遇到一个霸道总裁，二十年过去了，遇不到霸道总裁的我，只能把自己活成那个霸道总裁。

这就是"硬核"妇女的消费体面。我们花的不是钱，那是爱与和平的橄榄枝，是用来降噪的。我们让结婚十年的男女关系不但变得更纯洁，还变得更纯粹，纯粹得就像我和外卖小哥的关系一样纯一样脆……

结婚前我想象中的体面，是逢年过节老公鲜花礼物必备；平常日子里他温馨惊喜不断，我衣来伸手饭来张口；他会在椰林树影的沙滩对我说"别工作了行不行，我养你啊"；我一不开心，他就啪的一下掏出一张卡，"一起逛街去"，我便破涕为笑，尽情撒娇，做个小公主就完事了。

结婚十年后我的体面，成了金刚狼该有的样子。什么节庆纪念日，统统都是周一。什么惊喜和礼物，没有惊吓就是最好的礼物。我会在惊涛骇浪的沙滩对他说"我也可以养你"；我一不开心，就啪的一下掏出一张卡，自己逛街去，我便破涕为笑，然后安静地继续强大自己并演绎岁月静好就完事了。

当代"硬核"女人的体面，也许是某些女人眼中的"可怜"，人家拿着老公给的生活费处处开屏，而我们已经为了自己喝上一杯不矫情的咖啡而向老公甩出了巨额小费。我差的是这五百块钱吗？我差的是当我想消费的时候不再听到惹人心烦的叨叨，区区几百块，买个清净，顺便还买到了一个大方豁达不拘小节的人设，值不值？能用钱去优化的事，绝不要花太多心思去苦苦钻营与纠结。

体面地把钱花在刀刃儿上，是我们的目标。清净与和平，是我们愿为之一掷千金的最大动力。这时候不存在什么理性消费或冲动消费，这时候只有一种消费模式，那就是"我高兴"。

就像我们不惜斥巨资把娃送去补习班一样。记住两点：1. 报班不要问老公，因为一问全剧终。2. 不图娃能成龙凤，只求自己多点空。只有在这样双原则之下的挥金如土，才能让家庭稳定，夫妻和谐。这种"挥斥方遒"的消费方式，为了"双赢"而不吝啬金钱的消费观，为了换取千金难买的东西而机智地掏钱刷卡转账的手段，堪比投资大师，赢过理财专家。一般人，懂不了已婚"硬核"女人的智慧。

女人的体面消费，是万事不求人的消费，是尽在掌控、身心愉悦的消费！缺了这种独立精神，就会去和老公商量，商量了就要不高兴，不高兴就要吵架，吵架就要生气，生气就要发泄，发泄就要买买买。你看，还不如当初直接买买买……但别以为独立消费意识崛起的女人都是"人傻钱多""缺乏理性"，其实她们可精着呢，毕竟家有"吞金兽"的女人，财商每天都在进步。

费脑的兄弟

有个周末和一个朋友去看展，看到一幅油画，大致内容是一个秃顶的中年男人正在废墟（垃圾堆）上奋力地翻找着什么。朋友说："这怎么有点像我老公？"

我说："你老公也喜欢捡破烂啊？"咦，我为什么要说"也"？

她说："你不知道，我老公经常在小区垃圾分类站旁边捡一些大件，什么别人扔掉的铁器啊，残缺不全的工具啊，木头桌椅边角料啊，还有小五金件、瓶瓶罐罐……"

已婚男人恐怕是不捡破烂会难受。我们家十三姐夫有时兴奋地冲进家门大喊一声："看我带回来什么宝物了！"我激动地冲过去一看，他神秘地摊开手掌，里面藏着一个不知从哪儿捡回来的弹簧片。"我做的智能太阳能手电筒就缺这个了，嘿嘿！"

这届配偶到底有多会过日子，已经到了难以想象的程度。不过这也不是什么问题，已婚的女人其实更会过日子。有阵子我老公不知道抽什么疯，居然在七夕那天带回来一枝花。我问了一句才知道，原来是他在写字楼里碰到认识的物业工作人员，不好意思拒绝，于是填了个问卷，花是填问卷送的！

听到这儿我松了口气，竟然有一丝愉悦："嗯，不愧是我老公，绝不让中间商赚差价啊！"一般来说，达到我们这种境界的老夫老妻，人生如戏，都不知道自己是在表演"豁达无所谓"，还是真的不爱搞仪式了，但至少有一个好处，就是不费钱。

可上帝给你开了一扇窗，必定会同时关上一扇门啊！享受到了不费钱的钢铁兄弟般的和谐生活的同时，就要承受钢铁兄弟般的"硬核"相处之道。

很多时候，女人在一段关系里就很想要一种仪式感，而把自己活成"大哥的大哥"之后，别说仪式感了，连存在感都没有，更别提舒适感了。

当你有一个直男配偶的时候，意味着什么？

意味着费脑子。我前两天问几个妈妈："你们平时和老公沟通有障碍吗？费不费脑子？"有位妈妈回答："他仅接娃两次，就走错校门一次，记错时间一次，还生气地问我怎么不告诉他，我说告诉过了，他说：'你怎么不多提醒我几次？'"

婚姻里的大事小事，尤其是和孩子相关的事，女人的脑子是一个人记三个人的事，而男人的脑子只需要记住一件事：有事问老婆。

要说配偶的这种表现是对老婆的一种依赖，那也说得过去，但比起这种费脑子，还有一种费心更容易让人抓狂。

比如应对双方父母时，按常规操作，每对夫妻都应该是演技第一，但直男配偶却不一定能演好每一场戏。

有一天，我妈突然要带着七大姑八大姨来我家玩，我放下手头的一切事情，冲进客厅、厨房、卫生间，开始抢险式打扫。她们推门而入的一刻，屋里呈现出绝美画卷。就在长辈们对我们干净整洁的家表示赞叹之情时，孩子他爹一脸真诚地说："刚知道你们要来，我们临时打扫的，把乱七八糟的东西都藏到床后面去了。"

也许这就是真正优秀的婚姻吧，坦诚、自然、接地气、不造作、不虚伪，就是真的有点薅我头发……

难道钢铁直男真的对老婆就没有表现过一丝爱惜吗？也不是完全没有。

有一次我洗碗的时候哼哼唧唧，说："这个洗洁精好像有点伤手啊，我这粉嫩光滑的小手洗几次碗会不会就粗糙了？手是女人的第二张脸啊……"

孩子他爹一听，马上冲过来，紧张兮兮地说："哎哟哟，快点把手冲干净，别洗了别洗了……"

我心里想："果然，就算是钢铁直男也不是一无是处，也是会疼老婆的嘛！"

他带着我走出厨房，一边走一边说："明天买个不伤手的洗洁精再洗吧。"

然后那一摞碗就在那儿堆了一晚上，第二天我又洗了一遍。

这就导致我构思了一个"家务分工"的问题。于是我跟他讨论如何分工，他一开始啰里啰唆，要么是没空，要么是干不好，理由很多。

后来我说："那你负责辅导儿子学习吧，家务都我来。"然后他瞬间站了起来："不不不，做家务这种事应该我来，你负责孩子，家务我全包！"

自从他"全包"了家务，我觉得我的头更秃了。

洗完的衣服总有落在洗衣机里没晾的，洗碗之后总能发现还有两把勺子在桌上没洗，桌子上东倒西歪的东西在他擦完桌子之后依然在原位没动……

本来我一个多么大条的中年妇女，如今被他的"家务全包"刺激得脑子又支棱起来了。

最可气的是每次他说"拖完地了"，我脑子都会一阵发昏。他指天发誓厨房里那一摊污渍已经擦干净了，我鞋底沾的东西肯定不是厨房里搞来的，于是我把厨房污渍的成分、颜色、气味做了个表格，和鞋底的东西做了对比。

你说中年妇女的知识结构是怎么提升的？都是从婚姻这所学校里学会的，更是被配偶这种费脑子的生物训练出来的。

没有狗粮

有一年春末夏初，我老公连续四周，每周订一束鲜花送货上门。我相信孙悟空是从石头缝里蹦出来的，却不相信我家这个直男会没缘由地买花。

第一次是一个周末，我正在清理柚子（猫）的厕所，突然有快递员来送花。孩子他爹兴冲冲地拆包，找花瓶，插花，浇水，拨弄着枝丫，跟个少女似的。我一手铲着屎一手举着消毒喷雾，眼睁睁看着一个200斤的大老爷们儿在那儿玩花。呵呵，世道变了呀！以前说"世界不同了，男女都一样"，然而实际情况是：世界不同了，男女还是不一样，女人在铲屎，男人在赏花。

等我收拾好脏乱臭的角落，走到那个如世外桃源一般的阳台，发现一大一小两位直男已经在讨论诸多专业学术用语，什么落叶灌木科、奇数羽状复叶、耐寒耐热性……

看到那一幕我是很惊恐的。出什么事了？为什么这个千年大直男会突然买花？俗话说，如果一个中年男人突然开始健身，他不是得了"三高"就是……就是……你懂的……那么，当一个钢铁直男本男、对买花这种事向来嗤之以鼻的中年男人突然买花，意味着什么？是人性的扭曲还是道德的沦丧？！是审美的突变还是野心的膨胀？！是陡然的良心发现还是干了什么亏心事欲盖弥彰？！花瓶中疑点重重，神色里迷乱匆匆，是什么使得这个男人如此反常？背后又隐藏着哪些不为人知的秘密？让我们一起走进科学，啊呸，走进直男的世界。

我正在纠结应该采取怎样的方式应对，是简单粗暴地打破砂锅问到底，还是采取迂回战术铺设套路引蛇出洞？是严刑拷打屈打成招，还是动之以情晓之以理？正在此时，他主动说出了真相——他在抽屉里翻出了一张快过期的鲜花卡，不想浪费，就订了花。本来这个解释挺合理的，并且体现了他会过日子的优秀品质；然而四周过去了，我又觉得不对劲，越想越气。

他一共订了四次花，每次都是周末，不疼不痒的日子，完美而巧妙地错过了妇女节、愚人节、母亲节……你哪怕选在"不打小孩日"或者"国际家庭日"订花也是别有一番情趣的啊……最后一张券也被用完了，他就不能多等几天，等到"520"那天再订难道不香吗？专挑什么节都不是、什么纪念价值都没有的日子订花。

所以，这些花对这样一个直男来说，就是"别浪费免费券"的报复性工具，不具备任何意识形态上的作用。千年直男的逻辑至死不渝、雷打不动，很是欠揍。即使有了鲜花的衬托，就算有了免费卡券的帮助，他也很难触及浪漫的边界。送上门的鲜花卡都能被他利用得天衣无缝地"不讨巧"，也是一绝。

正所谓"上帝为他关了一扇门，又气得再关了一扇窗"啊！

有人说"爱对了人，每天都是情人节"，但实践证明：对大部分已婚人士来说，每个情人节都是周一。更可笑的是，在看到鲜花的第一秒，我居然有了一种幻觉，我想："有人给我送花，撒狗粮①的机会终于来啦！"当时那把狗粮离我只有 0.01 米的距离……没想到在 0.01 秒之后，狗粮就打翻了。如果再给我一次机会，我要对狗粮说三个字：去你的。男人的情商与智商的比例很有可能是 1 : 250，比如订花这件事，你好歹借花献佛，假模假样地说一句"我给你订了一束鲜花"，这很难吗？但男人说话只有字面意思，否则就不说。他确实不是为我订的呀，他是为了不浪费免费券、为了节约、为了会过日子、为了不便宜商家……总之，有一百万个理由，但其中没有一条是"为了给老婆一个惊喜"……

直男与浪漫的背道而驰，真的超出大多数人的想象力。

我记得两年前有一天健身房发来一个消息，要送每位女性会员一束玫瑰花，让我去领。我当时很忙，就想让老公去拿。他问是什么样的玫瑰花，我说不知道。他又问为什么要送，我说不知道。他又问拿回来放哪儿，我说不知道。他又问了二三十道开放性问题。你可能很难想象一个具有巨大逻辑漏洞的大脑中，存在着多少这样"多余的问题"。

而女人，往往会因为那么几个"多余的问题"被弄得心情全无，只想撂挑子走人。我刚想说"算了，我不要了"，他突然对儿子说：

---

① 撒狗粮：网络用语。常用于形容情侣或夫妻在公共场合、社交媒体上公开表达爱意或者秀恩爱的行为。

"走，一起去给你妈领玫瑰花去。"我心里一阵窃喜，嗯，虽然废话有点多，但还是能干事的嘛。这时儿子开始问："什么玫瑰花？为什么要送玫瑰花？……"呵呵，这就是所谓遗传吗？不，这应该是一种信仰的传承，属于"非物质文化遗产"。

接着，他俩开始把话题延伸了出去，从商业战略到植物百科，从物种繁殖到垃圾分类，然后卡住了。他们开始争论花属于什么垃圾，按照"猪能不能吃"来分类，说玫瑰花的主干是带刺的，猪不能吃，吃了会刺伤它的食道……我只想要那束玫瑰花，这和猪的食道到底有什么关系啊？讨论了半小时猪的食道，我终于说出了那句从一开始就应该说的话："算了，我不要了。"

到底是谁阻碍了我们女人的浪漫精致生活？是垃圾分类，是猪的食道，还是不解风情的一对直男父子？在他们眼中，猪的食道健康与垃圾分类比我拥有自己的一束玫瑰花还重要呢，这就是传说中的"铁打的亲情"吧？

本来在这个家，我只拥有一个大兄弟，现在拥有两个了。我们一家三个"纯爷们儿"不配拥有鲜花，除非他们又在犄角旮旯发现了什么免费的鲜花券……

这也是最令人抓狂的一件事：儿子随爹。有什么样的直男爸爸，就有什么样的钢铁儿子。别人家的娃，天天甜言蜜语，母亲节还做卡片给妈妈。我家的直男儿子你猜怎么着？母亲节第二天，他看电视上的"网友别出心裁的母亲节礼物搞笑集锦"看得笑翻过去，却愣是没觉得他并没有给他妈我送什么礼物啊。我厚着脸皮问："你打算送我什么呢？"他说："《新华字典》。"

嗯，只要生对了娃，每个母亲节都是周二。为什么是周二不是周一？你忘了吗，因为周一是情人节啊……

幸好我不是特例，我好朋友的两个儿子，今年为了"谁给妈妈送康乃馨"打了起来，妈妈感动得不行，说："别抢，你们每人送一枝不就得了？"他俩说："不行啊，我们就捡了一枝啊！"虽然我听了这个故事很开心，但我还是要安抚她："你儿子已经很好了，我昨天涂了个新买的口红，问我儿子好看吗，他说：'你怎么这么娘娘腔啊！'"然后她也开心了起来。这年头能哄女人开心的只有别的女人了。

在持续 N 年的"多余的问题"和"缺席的浪漫"相映成趣的磨砺中，我们真的知道了一个真理：想要什么就自给自足，指望男人多半只会受惊吓，并且他们还觉得自己非常有道理。

比如儿子小的时候，我让娃他爹给娃冲奶粉，我说："温度别太烫。"他问我："那你要几度？"当时我愣了好几秒，去思索到底该如何回答这个问题。我要几度？我如果说出一个具体数字，他是不是会找一个温度计伸进奶瓶里测量一下呢？后来我说："你倒一点在手背上试一下，差不多就行。"他说："每个人的皮肤对温度的敏感度不一样，我觉得烫，有可能你觉得正好，你觉得凉，有可能我觉得正好……"这真的是一个严谨的爸爸啊！

理科直男适合去生一个机器人小孩，充电的那种，充到百分之几可以精确把控，还可以往孩子脑子里输入编码。在那个世界里，没有恼人的"差不多就行""你看着办""大概""基本"……接收指令必须是数字化的、精确值高的，没有模棱两可的，更没有主观干扰的。所以，为了让自己不头疼，很多事我们得"偷偷地干"。

如果你已经习惯了和直男生活，也适应了那种纯兄弟情，那么千万不要为他们突然的殷勤或示好而动容。

前几年我一直建议把家里的一个角落辟成小储藏室来放东西，孩子他爹不同意，说太麻烦。上个月他突然语气柔和地对我说："我觉得吧，你说的那个储藏室的计划是对的，还是女人比较善于规划，我们好像是挺需要一个储藏室的。"我心想："这人怎么突然开窍了？怎么这么顺着我了？"

没过几天，他扛回来三套测试设备，其中两套组装完毕就能堆满我的书房。看着那一堆破铜烂铁，我想说："我可以弄一个储藏室，把你锁在里面，每天给你喂滚烫的小米粥。"

但实际上我也只敢想一下，不能真的实践，毕竟自己找的老公，含着泪也要把他带大，并且别试图改造他。他应该感恩，这么多年他还没有毁灭，我已经是手下留情。

情绪价值

聊聊"情绪"这件事。

最近孩子他爹老是把这个词挂嘴上。以前他不这样，也许是承蒙中年危机的浸润，他现在喜欢从脑子里扒拉些不常用词汇。男人一旦上了点年纪，说的话反而容易中听，这就是我为什么一直珍藏着那本安徒生童话《老头子做事总不会错》。

这世界上最难的事之一是"情绪稳定"，女人是情绪动物，严谨点说，"大部分女人"是，这个我们没法否认吧。

我很难相信那些影视剧里的鬼扯，最近有人推荐我看《大考》，推荐理由是"学学人家周博文他妈"。

我特意去看了周博文他妈，这位大姐情绪稳定到啥程度呢？就是她老公可以 24 小时打游戏，她自己开个饭店从早忙到晚，忙完了还要问老公"你累不累啊，饿不饿啊"，然后献上一个温暖的抱抱，给她老公精心制作夜宵去了……

她偶尔跟老公说一句"少打点游戏"，理由也不是"你不务正业，不挣钱，只知道玩物丧志，我要你这个老公有何用"，而是"让眼睛休息休息，别把身体玩坏了"……

更牛的是，她儿子看不惯那个爹，整天想方设法让他干点有价值的事情，父子俩隔三岔五争吵打闹。当然，最后为了回归主旋律正能量，编剧还是让那个爹改邪归正了。

周博文他妈的情绪管理，简直是已婚妇女的天花板，因为她压根就没情绪。

天天一副圣母的样，把老公当婴儿照料，同时还要辅以温暖的情绪支撑，这也许就是中国慈母式妻子能给予男人的最大的"情绪价值"了吧。

我觉得千万不能让十三姐夫看到这些，他一定会说："你看看人家。"

咱也不知道中国的编剧们是如何创造出这种人间圣母的，在我认识的人里，确实有情绪很稳定的已婚女性，但如果谁能稳定到这种程度，我肯定不会和她成为朋友，这可太让人糟心了。

真实的普通女人的情绪管理是什么样的呢？

有很多事，在女人这儿其实原则性不太高，只要我情绪对了，事情就不会太糟。就比如周博文他爸玩游戏这事，可以玩啊，无伤大雅啊，但你要是字里行间觉得我理所应当伺候你，就该拼死拼活养家糊口来供你娱乐，那我情绪就开始不对了，哪有什么理所应当，我又不是你妈。

所以，"情绪价值"这个东西就显得特别重要，婚姻过了激情期，能给彼此提供的"情绪价值"比情感基础更重要。

一般说的情绪价值，就是给人带来美好感受的能力，能引起正面情绪的能力。

姐妹们，摸着你们的双下巴想一想，你们的老公这个能力强吗？

有一次我在用吸尘器清洁客厅，孩子他爹半卧在沙发上审视着我干活，我气不打一处来，嘟囔了一句"这吸尘器越来越不好用"。

他突然站起来说："那你放那儿！等会儿给你换一个，上次朋友送的那个还没拆封呢。"

我气更不打一处来了。

你把我当保姆？你看不到我的辛劳？你眼里到底有没有我？你是不是想离婚？

但如果他说："那你放那儿！等会儿我来！"一切就会不一样了。

你做不做家务，其实也不是我们吵架的根本原因。根本原因是你没能让做家务的我情绪好起来。

已婚人士的一生，大部分时间都要和配偶相处，经历类似这些细碎冗杂的日常，更别说在一些稍微大点的事情上产生分歧时，要经历怎样的情绪碰撞了。

他要是不能给你带来正向情绪价值，那这个人等于没用。

十年以上的老夫老妻，都快修炼成精了，本来就不存在影视剧里那种所谓"恩爱"，顶多就是合作共赢，重点是别给彼此添堵，也就是能提供点有效的情绪价值。

我高兴的时候，你能提升我的愉悦感；我不高兴的时候，你能降低我的悲哀，而不是反过来。

年轻的朋友们，听我的，找对象时，"正能量"真的是一个重要标准，别觉得这是一个政治正确说辞，真的，一个凡事都比较正、遇事总想着自己尽力去想办法解决、希望让对方感到轻松快乐的男人，情绪价值至少是能及格的，哪怕是在婚后。

有时我会思考，为什么婚后女人越来越喜欢和女性朋友聊天，因为女人和女人之间强大的共情能力会产生出强大的磁场，这里面包含着取之不尽的情绪价值，跟与男人相处时遭遇的情绪价值形成了强烈的反差。

反正在老公那儿，能得到正向情绪价值的可能性不高。如果我跟他聊生活琐事，他会带着一副嫌我聒噪的表情；如果我跟他聊事业规划，他会露出一副笑我好高骛远的神色；如果我跟他聊诗词歌赋和人生哲学，他会开始跟我聊生活琐事……

有很多姐妹平时总觉得奇怪，老公也没做什么具体的坏事，没说什么具体的坏话，到底是怎么让我们情绪低落的呢？

他们的情绪价值可能是负数。

也就是当你越是心情烦闷，越需要一个纾解出口的时候，他不但当不了那个出口，反而来把你的门关上，还加了把锁，你变得更堵心了。

而很多男人，根本都意识不到自己正在上锁。

这可能是男女有别的一个死扣，不是说解就能解开的，结婚多年的女人都懂，与其费尽力气试图把老公调教成一个情绪价值高分的男士，不如降低对他的期望，多出去走走，和谈得来的朋友聊聊，把情绪的漏洞找补回来。

歧视链

有一年春节前，我老公去医院拔了一颗牙，花了一千多，回来哭哭啼啼，捂着滚圆的腮帮子说："拔牙也太贵了，呜呜呜……"

这时我妈恰到好处地出现了，看着这个多愁善感的女婿，神色凝重地说："你们现在身体还算硬朗（自己什么体格心里没点数吗），以后逐渐就要开始把钱用在看病上了（别像没见过世面似的一病就屎），我们中国人喜欢存钱其实就是为了看病用的（以后你们要花钱的地方多了去了），要有心理和物质准备（别没事就哼哼唧唧的）……"听完这番话，十三姐夫更憔悴了，他说："唉，本来存钱还以为是要花在刀刃儿上的呢！"我妈说："看病不就是刀刃儿吗？以后还有别的刀刃儿，你们的刀刃儿要越来越多了。"十三姐夫无语凝噎，眼眶里泛着晶莹饱满的水珠，也不知是因为牙疼还是因为听懂了丈母娘对刀刃儿的解读。

果然姜还是老的辣，真是听君一席话，胜杀十年猪啊！

后来我把这事讲给朋友听，以为她会首先感叹拔牙太贵，再感叹人生太累，没想到人家上来就不屑一顾地说："拔牙算啥呀，种牙才叫刀刃儿锋利。"

"你已经种牙了吗？为什么要种牙？"

"为什么？刀刃儿之所以是刀刃儿，是因为没的选，没办法啊！"

可不是吗，年纪越大，没的选的消费越多，刀刃儿越锋利……就拿养娃这个最大的刀刃儿来说：娃小的时候，我觉得刀刃儿顶多就是进口奶粉和尿不湿。后来发现刀刃儿还有早教培训和补习班……再后来，音体美的刀刃儿已经磨刀霍霍，钢琴、画画和舞蹈，学的不是艺术，是如何在刀刃儿上"旋转，跳跃，我闭着眼，尘嚣看不见，你沉醉了没……"；跳绳、游泳、羽毛球，练的不是体能，是如何在刀刃儿上"白雪，夏夜，我不停歇，模糊了年岁，时光的沙漏被我踩碎……"。

打开娃的书包，那一本本明晃晃的是课本吗？那都是刀刃儿。起初，只有看不懂的奥数和读不完的英语是刀刃儿。后来，语文和作文也把自己磨得锃亮。历史、地理、物理、化学见到这一幕也脱下了刀鞘。道德与法治、信息和生物本来只是纯路过，也忍不住一起加入了磨刀大队。整一个零售转批发，凑个"血滴子大礼包"……每个月黑风高夜，一科一个人头，我家人头都不够收的。月底一对信用卡，嘿嘿，不知账单谁裁出，培训机构似剪刀。我生的不是娃，是小李飞刀，例不虚发，刀刀见血。

但也有好处——虱子多了不怕痒，刀子多了不觉疼。有人肯定会说：这还不都是你们自找的？不被宰割不就完了吗？那您可太小瞧中年人了。虽然大多数中年人还没实现财务自由，但他们已经实现了刀刃儿自由。区区几个刀刃儿，我们没在怕的。

曾经我以为，刀刃儿会一直延续到孩子高考完，进了大学就不用花那么多钱了吧！

一个今年刚考进大学数学系的女娃的妈妈已发来贺电："当代大学生的寒假生活：除了线性代数、托福词汇、P什么的编程，还有周二晚上的拉丁、周日下午的芭蕾、周一三五的古筝。"

另一个妈妈说："我家孩子都大学毕业了我还在出学费。看样子，我娃是要当一辈子刀刃儿了，我骄傲了吗？"

哦，对了，这位没有骄傲的妈妈，连自己的微信名字都改成"刀刃儿"了。

如果中年人的刀刃儿只有孩子，那问题不是很大。

很可惜，有些事就是相辅相成的。你在刀刃儿上被割得越久，身心就越容易出现问题，于是，没过几年，我们周边就裂变出了更多刀刃儿。

前几个月某一个阳光明媚的下午，我和朋友去喝了杯咖啡，只是想喝咖啡而已啊，但命运往往就是这样，喝着喝着刀刃儿来了。

她说："我给你介绍一个很牛的老中医。"于是第二天我们就去看老中医了，挂号费八百多。

老中医开了方子，说："先给你开两周的量，吃完再来，连喝九十天，再看……"

我拿着沉甸甸的方子，心想我其实也没啥毛病啊，我到底要调理些什么呢？

后来朋友的一句话打开了我的心结："调理什么不重要，重要的是不调理就感觉哪里都不舒服。"可不是吗，花钱买个安心，买个自信。刀刃儿的作用除了割肉，也有良性的一面——救赎灵魂。

这样的刀刃儿越来越多了。每年的自我安慰型保健养生，自我陶醉型护肤健身，自我放逐型旅游度假，自我解压型吃喝玩乐，自我偷闲型保姆钟点工……哪一样不是华丽丽的刀刃儿？

还真是刀刃儿越多，灵魂越踏实。

一位妈妈说去年努力赚外快，攒了五万多，本想着应付娃的寒假班刀刃儿绰绰有余了，结果前几天突然发现老公已经脱发脱到头秃，带孩子出去时被别人叫"爷爷"……最后，她一咬牙，五万块拿出来带着老公去做了个进口植发。

嗯，中年人的尊严值这个价。

我感觉这是一位了不起的太太，从此以后她每次见到自信满满的老公时，会不会感觉那一头飘逸的秀发就是一把把矗立在头顶的尖刀……

防秃治秃也已经和对抗"三高"、防猝死一样，成了无数中年人眼中最不能少的刀刃儿。

每次看着自己不想买又觉得不得不买而大手一挥入了坑的一堆保健品，总是劝自己：胖点就胖点吧，头发少点就少点吧，只要活着就行。

实现了刀刃儿自由的中年人，最怕的是有种刀刃儿还有锈。就比如有位朋友说："对我来说，每一笔钱都恨不得只花在最锋利的那个刀刃儿上，可偏偏云配偶此时还要改装什么破车，这是扼住我命运的喉咙的真正凶手。"

刀刃儿的痛点终于来了。虽然云配偶承诺改装车用不了十万，但她仍觉得这是没必要的开支，绝不同意。

后来我问她："如果是孩子的一对一精品补习一年学费十万，你愿意付吗？"

她毫不犹豫："那当然！我们家孩子现在一年的补习都超过十万了好不好！"

我说："那不就得了，你就当给孩子多报了一门课。你想啊，孩子去补习，也不见得成为学霸①，但你老公改装完车，起码能开车带你'红尘做伴活得潇潇洒洒，策马奔腾共享人世繁华'，多拉风！你们的刀刃儿也不能只有娃呀！"

她若有所思，似乎觉得很有道理，但三秒之后她又说："不，我们不配。"

原来，中年人在刀刃儿上舔血也是有歧视链的，如果非要给刀刃儿排个序的话：1. 孩子；2. 父母；3. 猫；4. 自己。

---

① 学霸：原指学界的恶棍。现为网络流行语，意为"学习霸主"，常用于形容那些在考试中取得高分、学习能力强、知识储备丰富并具备较强学术竞争能力的人。

自我复原

有一年暑假，好朋友给我打电话，让我去医院帮她看一会儿孩子，因为她得赶到新房子去，和装修师傅交接。

我陪着她的娃在医院排队一小时，看病十分钟，全都搞定了，她还没回来。

我把孩子带回自己家，问她："你爸爸呢？"

孩子说："在家啊。"

我问："你爸爸在忙啥？"

孩子说："不知道。"

你看，爸爸在家不知道忙啥，妈妈带娃看病，又奔赴装修现场送钥匙，两头都没落下。她宁愿放着孩子爹不用，叫我出来给她带孩子……这都什么事啊！

朋友回来了，她说她早上就因为看病和装修的事和孩子她爹一顿生气，所以宁愿自己想别的办法也不想跟孩子爹多啰唆，心累。

此言有理，女人在关键时刻还是需要女人。你看，我就啥也不问，干就完了，简单粗暴，省心省力，还管了她娘俩一顿饭……

我已经猜到她老公大概会问：为什么偏偏今天带孩子去医院？为什么偏偏又是今天让装修师傅过来？为什么不把时间错开？为什么不能推掉……十万个为什么。

她搞定了这一天的所有事情之后，晚上回到家，就像啥坎坷都没经历过的纯情少女一样，顶多跟老公提一下看病的情况，说一说新房子装修师傅的情况，云淡风轻、毫无波澜，哪怕内心已经有一千万头乌干达密林黑猩猩在集体大便……

只用了零点几秒的时间，当一切都圆满解决之后，她垂死挣扎的耐心便习惯性地原地复活了。同时老公会觉得：嗯，轻松的一天又结束了，真的岁月静好。这大兄弟哪里会知道他的岁月静好是因为他老婆（和我）在负重前行啊……

有时候不是女人自己找事，抢着干活，不怕累不怕麻烦，而是怕了那些不知如何回答的"为什么"和不知如何描述的"怎么做"，干脆自己另想别的出路，自己解决了一切。

婚后十年，我才懂了一个道理：学会求助是多么重要的一项人生技能。

可惜大多数女性终其一生都没学会，主要原因之一是"可求助的对象不给力"，比如老公，个中滋味，大家都品过。除了生孩子需要求助男人，其他还有啥事不得不求助？

我一时想不起来……

这让我想起了一部我很喜欢的电影《塔利》，里面的女主叫玛洛，是个不分昼夜地工作带娃导致筋疲力尽的妈妈，片中爸爸出现最多的几个镜头，一是下班回家进门后叫宝宝"笑一个给爹看"，二是责怪老婆没认真做饭，三是躺床上打游戏。至于玛洛这位老母亲干了什么事，这个就像费马大定理的证明过程一样，我怕这里地方太少了，写不下……

简要地说，也没干什么，除了上班，就是照顾有先天发育障碍的大儿子，以及还在幼儿园里的小女儿，挺着大肚子工作等待三娃的出生，并在第三个孩子出生后不分昼夜地喂奶、换尿布、喂奶、换尿布……

白天不能休息，晚上不能睡觉，大儿子被学校动不动劝退，全家经济情况紧绷……精神崩溃的边缘，玛洛的哥哥说自己出钱给妹妹请个夜间保姆，释放她一整个晚上。但玛洛的老公说："让你哥哥出钱，我会很没面子，不要请了。"

太可笑了。一个大活人爸爸待在那里，妈妈却不得不求助夜间保姆来解救自己，即使这样，老公居然还好意思不赞成。至于夫妻关系嘛……更不用说了，铁铁的兄弟，而且还是关系不好的兄弟。

但在这个地球上，经历着同样生活的女性有很多，在那些家庭里，没有太夯实的经济基础时，挑起最多重担的是女性，看起来男人赚钱较多，但实际上，只要女人一撂挑子，家就完蛋了。

这样的女人，学不会求助，找不到人分担，是件很可怕的事。

很多女性在幸福和不幸之间，只差一个能帮上忙的人，不管这个人是谁。

所以，夜间保姆塔利就是那个救赎者。

而那个故事的巧妙之处在于，塔利完全是女主幻想出来的一个人，她每晚 10 点到来，照顾小孩，也照顾玛洛，和她谈心，了解她的所有困惑苦衷，甚至帮助她去撩已经进入纯兄弟情的老公，重燃激情。

在塔利的感染下，玛洛找到了久违的一点自我和快乐。但快乐不长，很快就出现了反转——玛洛意识到，所有事情，从白天到晚上，一切都是她一个人承担着，无人分担，那个塔利只是她渴望拥有却始终没有得到的分身。

所以，故事的宣传语是这样的：女性会自我复原。不，我们没有，我们看起来没事，但如果你仔细看，脸上满是化妆品掩盖的痕迹。

大多数妈妈之所以学不会求助，不是因为对别人没有要求，而是因为对自己要求太高，就像玛洛那样，她已经这么累了，还觉得自己是个失败的妈妈。

"好妈妈会组织班级派对和赌场之夜，做小黄人纸杯蛋糕，我太累了，没一样做得来，说真的，连穿衣服都觉得累。"

其实婚姻的本质应该是生产力统一体，男人应该尽早明白"妈妈不好过，这个家也不可能太好"这个道理。但像玛洛老公这样的男性，认为自己只要赚钱就完成了任务，别的有资格不操心、不过问、不分担。

伴侣之间的差异会越来越大——

女性：凡事高标准，兼顾一切，看到别人做得好，自己便会有压力，妈妈就应该照顾好家庭，拼命咬牙苦撑，只要过了这一关就会越来越好。

男性：我压力大，我辛苦，你得体谅我。

到后来，女性的独立与坚强倒成了其他人依赖她的理由。

女性有自我复原的功能。

但并不是所有女性都可以原地复活，也有不少只会原地爆炸。所以，不要认为那些原地复活的女人愿意承担更多压力和不需要被体谅照顾，复活和爆炸之间，说不定哪天就可以无缝切换。

现实生活里的女性，绝大多数都是自我疗伤行家，原地复活的高手。

正因如此，她们可以把最好的一面呈现给别人，这种自我复原的能力，就是乘风破浪的基础。

社会对女性的要求越来越高了，恨不得人人都励志，每个都是榜样。以前经常有人把成功女性的励志故事说出来让大家学习，大多是一个模式：励志—挫折—拼搏—成功。

可放在生活里，哪来那么多戏啊。

我今天立志不发脾气，做一个贤妻良母型女人，但是一大早便遭遇了挫败，发现儿子磨蹭，爸爸纵容，但我拼命压抑情绪，克制自己，努力深呼吸，终于，我没有爆发，又开始了贤妻良母的一天。

这是不是女性励志故事啊？

如果你觉得这不励志，那么你也成不了什么大事，这心性的磨炼、棱角的切割，才是女人原地复活的根本要素，否则都是装的，会憋出高血压、小叶增生、卵巢囊肿……

女性的自我复原，不是没心没肺，不是涵养多高，不是什么心胸啊，气度啊，佛系啊，其实就是一种倔强的妥协，多半是建立在两种基础之上，一是"今天我高兴"，二是"今天懒得搞事情"。不是看在孩子的面子上，就是看在老天爷的面子上，顺便让自己不那么糟心。

四十岁前要学会求人，四十岁之后就要学会求自己了，原地复活还是瞬间爆炸，只选对的，不选贵的。

金刚钻

现在的都市人也不知道怎么了，口口声声要"宣扬正能量"，凡事都往积极正面阳光的方向去想、去做，但唯独一件事，大家丝毫不避讳它残缺而丑陋的真实模样，甚至特别热衷于满是负能量地大书特书。

这件事就是"婚姻"。

现在大多和婚姻有关的影视剧，都是用来揭示人性最弱的弱点和最坏的渣点的。如果不来点"原配第六感追击丈夫出轨证据"和"沉着冷静霸气侧漏手刃小三"的戏份，编剧真的都不好意思编了，编不下去。而且啊，现在的婚姻剧情特点高度集中：世上压根没有好男人，男人都渣，不渣的只是还没遇到那个可渣之人……《我的前半生》男主，企业骨干，出轨了。《三十而已》男主，人称"文艺多金男"，出轨了。《白色月光》男主，暖男好爸爸，出轨了。

他们前脚大肆秀恩爱上演宠妻狂魔乱发毒誓，后脚就由于"各种不可控原因"像个无助的失足少年一样投入别的女人怀抱。这让我们不禁倒吸一口冷气——妈呀，原来不管看起来多好的"别人家的老公"也都是会出轨的啊！

接着不禁又松了一口气——哦，原来不管看起来多么幸福的"别人家的老婆"也可能会遭遇这些倒霉事啊！

然后瞥一眼自己家那个"在家不起眼，出去可能更不起眼"的男人，瞬间觉得"平淡是真"这句老话太正确了，能不给我一地鸡毛的生活再添点幺蛾子的男人就算好男人，至少幺蛾子别让我知道。

只要一看剧，这世上就没有一段婚姻是保险的。但看看现实，发现大多数家庭还是平静和睦的。这让我有了一丝吊诡的遐想——也许很多夫妻正在经历"斯坦福鸭子式婚姻"，表面风平浪静，水面底下的脚蹼还不知道乱扑腾成什么样了。这可怎么办？太恐婚了，还是不要结婚最安全。

以前有个未婚的女孩子说过这样一句话："好像感觉结婚就是用来给出轨做准备的。"面对一个未婚姑娘说出如此富有哲理的一句话，当时我惊呆了。但仔细一想这话又有语病，结婚不一定是给出轨做准备的，但出轨一定是给离婚做准备的。

尽管大多数女性已经知道在这个时代离婚是司空见惯的事，但真到了自己，因为一方出轨而离婚这件事还是很难那么轻松"硬核"地微微一笑说再见。

而大多数现实中的离婚会经历漫长的怀疑，冷战，争吵，挽回，崩溃，厮闹，争夺抚养权，分割财产，律师介入，最后好不容易谈妥了，高高兴兴去离婚，结果又被"离婚冷静期"泼了回来。结婚容易离婚难。婚姻真的就是个精贵的瓷器，表面再好看，也说不定轻轻一碰就粉碎。

结婚就是把瓷器供上了桌，离婚则是把满地碎片残渣收拾干净，伤自己的手是在所难免的。于是，很多人觉得再继续收拾下去会伤了更多人的手，后来决定干脆修修补补粘一粘算了。这离不了婚的原因有千万种，千万别说谁"傻"，说"离婚有那么难吗"，那是因为你没去捡那一地的渣渣。

而比这些"出轨戏份"更多的戏份，落在了那些头上冒绿光的女人身上，在合理的剧情中，她们必须经过自我修复和灵魂重塑之后破茧而出，必须实现碾压式重生，必须从此过上更幸福的生活……

就像那些"大女主①"离婚后才能奋发图强改变自己，离婚后才能重新开始走上巅峰……总之，在影视剧里，所谓"正能量"还是要落到女人的肩膀上，也就是她们面对背叛之后，必须强硬起来，要靠自己获得更好的未来，这叫正能量。

小时候我们读的童话故事结局都是王子和公主从此过上了幸福的生活。

没想到，年幼的我们猜到了开头，却没猜到结局。长大后，我们读的童话故事结局是：离婚后，公主终于一个人过上了幸福的生活……

其实这无形中又给女性多宣扬了一份"优秀女性标准"——婚姻里面对不堪能忍则忍，不能忍就洒脱离婚，重新奋起不就完

---

① 大女主：指在文艺作品（电影、电视剧、小说等）中具有主导性和突出地位的女性角色。这类角色通常具备独立自主、坚定、自信、勇敢等特质，她们在情感、事业或其他领域都展现出优秀的能力和影响力。

了……可是真实世界里，哪有那么多洒脱，哪有那么多能忍，哪有那么多重新奋起？

这个社会对离异女性并不友好，对单身带娃的女性更不是很仁慈，根本没有那么多的便利和支撑，凭什么给女性提要求？她们能活成金刚钻，那是人家自己有本事，但谁可以规定不活成金刚钻的女人是活该？

《白色月光》里的职场女强人张一，长期因工作繁忙不能多陪女儿，导致孩子和无业在家（却出轨）的全职爸爸更亲，于是有人说："看来女人不能太顾事业不顾家，否则最后净身出户连孩子都得不到，哪怕出错的一方是男人。"

哦，顾事业就是这个下场，照这种逻辑，全职妈妈也可以没事出个轨，然后离婚带走孩子，让男人净身出户？如果真这样，恐怕到时候又有很多人只会骂这个女人不是东西了吧。

种种奇葩又血淋淋的剧情虽然都没起到什么好榜样，但从某种角度来看，也可以给我们一点启发：婚姻真的像个瓷器，看着结实金贵，实际上很脆弱。但毕竟选男人就像长线投资，未来什么样谁也不知道，所以，不管什么样的境况，女人必须把自己从内到外打造成一个金刚钻。

不光能揽得下这瓷器活，还能在瓷器碎了之后给自己创造更好的银器、金器，这叫底气。

婚姻过了新鲜期，靠的就是一股子底气在维系，我有底气来把这个瓷器保护好，但如果你不珍惜，没事就敲敲打打，那对不起，我也有底气直接砸了它。

　　这世上有很多扯淡的婚姻，这些剧情夸张的影视剧正是在向我们展示人类生存的多样性，让我们知道，你似乎只看到那些比自己幸福的，却没看到它背后比你痛苦百倍的暗面，所以永远不要觉得自己不如别人幸福。

　　女人的幸福归根结底是自己给自己的，那些看起来洒脱舒服的女人，大多都活成了金刚钻，再不行就把自己活成金刚。

火候还没到

我几乎不太和人探讨婆媳问题，哪怕是跟我老公。当然了，这对他来说也是一个禁忌话题。怎么探讨？以什么身份来聊？聊的尺度和立场在哪儿？已婚男人大多是掌握不好的。但有一次他上着班特地打了个电话给我，问我："老婆，你觉得我在婆媳关系里扮演着怎样的角色？"我当时就傻眼了，这还是我们家的钢铁直男吗？

他说有个剧本编剧找他采访，他们正在为一个苦情戏写剧本，但好像是太苦情了，苦得那个编剧憋不出来，就找了一个已婚男给他讲经。那个已婚男也觉得讲不了，又找了我老公给他讲经……他们聊了一通之后，我老公突然有了一些感悟，所以打电话问了我那个问题。

我听了总感觉哪儿怪怪的，好像他们都不苦情，就我老公最苦情似的。

后来他告诉我，那个编剧问了他一些高难度问题，比如"你想过离婚吗？""如果遇到第三者，你会选择爱情还是选择家庭？""面临婆媳矛盾你会怎么处理？"……这绝不是他擅长的领域，那些编剧美其名曰收集素材、体验生活。真是的，难怪现在的电视剧容易挨骂，因为从源头上就是在胡扯。

不过后来他们聊到了"丧偶式婚姻"，而且那个编剧是把我老公约到公司楼下咖啡馆里问的，还特意给他点了冰美式，我老公说他只喝拿铁，编剧说苦咖啡更有利于理性思索。我老公勉强喝着那杯咖啡，一边喝一边跟他聊着"丧偶式婚姻"，心里比嘴里还苦。他怎么就成"丧偶式婚姻"里的那个"偶"了呢？想想为这个家他也没少付出过，昨天晚上还给空气净化器换了滤网。再看看那咖啡店里多浪漫，周围都是一对对小情侣，他仿佛看到那些小伙子步入婚姻几年后的样子，这苦咖啡，谁下得去嘴啊！

编剧小伙子说："你觉得现在女人奇怪不奇怪，很多人都说自己是什么'丧偶式婚姻'，但她们就是不离婚，这是什么原因呢？婚姻都形同丧偶了，不离是什么逻辑？"之后他还吐槽了他的丈母娘、大舅子、大舅子的表弟、老丈人的牌友、老婆的闺密等等。我老公终于体会到女人在一起喜欢吐槽各自老公及其全家的那种爽感，但他始终没觉得他有什么好吐槽的，就默默听着。

我老公心里只是在想："你看看现在我国电视剧这编剧的水平，自己连婚姻都没搞明白，就要来写婚姻的剧本，这不就跟没孩子的人去编写教改政策一样吗，啧啧啧……"他只能把我曾经教育他的那段至理名言告诉了那位编剧："其实很多女人好不容易习惯了'丧偶式婚姻'，也就不怕'丧偶'了，其实她们最怕的是'诈尸'。你要么好好做一个'丧偶'的'偶'，但千万别一边'丧偶'一边'诈尸'，确立好自己的人设，一条道走到黑也没啥。"

据说那位编剧听完，五雷轰顶，半天缓不过来，拿着他的小笔记本电脑疯狂敲击，他感觉学到了人生有史以来最重要的哲学观点，一部优秀影视剧眼看就要诞生了。

老公兴奋地给我讲了这段"两个男人互相教育的过程"，但是这却让我又突然产生了新的灵感："丧偶式婚姻"真的那么好用吗？女人都这么说，好像男人一个个都没用。我老公倒是觉得自己用处还是挺大的，起码提供了孩子对数理化的兴趣！如果说一个老公没有满足老婆所有的要求就被赋予了"丧偶"的标签，那男人还真是一部苦情戏。

各位，不是我们丧，不是我们有负能量，是我们活通透了！现在社会生活节奏快，大家压力都大，好多结婚多年的女性都在做减法。一般来说，在没有什么原则性冲突的前提下，女性真的会把"自己已经习惯了的生活状态"当作最舒适的状态，毕竟婚姻里有很多时候自己也会装死、装傻，日子过得平淡不失为一种安全模式，反正也不指望男人。但如果你突然间一"诈"，指不定"诈"出什么幺蛾子，反而毁了来之不易的岁月静好……所以有很多人会觉得，当我已经很适应"丧偶式婚姻"时，突然想离婚也是没理由的，没事找事的。

"兄弟，辛苦你诈一下尸，跟我去离个婚啊……"搞不好把自己也吓一跳。对方也很错愕："我躺得好好的，你招什么魂？我再躺躺就躺赢了！"

所以，大多数"丧偶式婚姻"，表面上是"吐槽大会"，其实骨子里却很坚固，想离婚的时候由于找不着对方，所以一拖再拖，拖了一辈子的都有。

许多年前的电视剧《离婚律师》里的李春华说："在我李春华的字典里根本就没有离婚这两个字，只有丧偶。你活着是我的人，你死了以后，还是我的死人……"

当年，此话一出，引发了多少惊叹，男人听了大惊失色，就连女人听了也连连称奇啊。李春华真是一个狠角色，也是一个对婚姻有着独到见解和决绝态度的女人，敢爱敢恨，容不得有半亩模糊地带。

后来有不少女性觉得这很酷，很有个性，很能标榜自己的主控权。可也就不到十年的时间，已经几乎没有人再感慨李春华的"狠"了。

现在的很多女性再也不用像李春华那样，要做出一副发毒誓的样子，充满倔强和偏激，咬牙切齿地树立和表达那样的婚姻态度。现在，随随便便，轻而易举，不费吹灰之力，很多人就已经实现了"字典里没有离婚只有丧偶"——离婚离不了，"丧偶式生活"天天过。

李春华要是知道现在离婚还有个"离婚冷静期"，她的字典里估计得为这个高价值的东西留一块地。李春华要是知道现在动不动就出现"丧偶式婚姻""丧偶式育儿"，她当年一定不想"字典里只有丧偶"。

如今，离婚不是你想离就能离，如果你在搜索引擎中输入"我的字典里没有离婚，只有丧偶"这句话，下面跳出来的不是什么爱情鸡汤、婚姻故事，更不是哲学思辨、灵魂洗礼，而是无数个帮助你早日实现"离婚梦"的专业指导。

所以"离婚难"是很现实的阻碍，女性要工作赚钱、带孩子、做家务、统筹安排、提升自我，要是没啥原则性问题，还真没空去离婚。

何况那些眼里充满仪式感的女性，有的甚至觉得离婚应该和结婚一样，要大鸣大放、大吵大闹的。就像婚礼上要介绍一下恋爱过程一样，离婚时也要生动演绎一下夫妻反目、八卦秘密、狗血剧情，这才叫完整的大结局。

稀里糊涂地离婚，就和稀里糊涂地结婚一样，都是没事找事。

离婚的成本也包含了这些七七八八的，要是没啥至关重要的事，只是因为"丧偶式生活"就离婚，这不是身在福中不知福吗？真给你个"不丧偶式婚姻"说不定你会更抓狂，因为太不清净了。

有个朋友在很久之前跟我说过："我不能接受没有爱情的婚姻，你呢？"我被她问得一愣，不知所措，说"能接受"显得我很没原则，说"不能接受"就好像在证明我没离婚是因为仍沐浴在爱河之中。神经病啊，我不要面子的啊！

于是我只能先反问她："那咋办，没爱情了你还能宰了他不成？"她若有所思地说："对啊，我宁愿宰了他，也不能允许我的婚姻没有爱情。"

我信了，因为我也见过好多女人在结婚前都有"李春华情结"，眼睛里容不得沙子的那种。

后来这个朋友结婚了，有了孩子，孩子也不小了，我有一次冷不丁地问了一句："你老公呢？"她头也不抬地说："不知道死哪儿去了，钓鱼的时间比在家的时间还多。"我说："哎呀，爱他就要包容他的缺点，支持他的爱好嘛！"她说："爱什么爱，凑合过得了，还能离咋的？"

你看，婚姻是最好的精神修炼学校，就像这个当初对婚姻和爱情抱有"毋宁死，不苟活"态度的姑娘，最后自己解答了自己的问题，这才是真的领悟了、成长了。

单纯的女人之所以单纯，只是因为火候没到。

幼稚的女人之所以幼稚，只是因为岁数还小。

沉迷爱情的女人之所以沉迷爱情，只是因为还没结婚。

能改变一个女人的爱情观和婚姻观的，不是什么大道理和熏陶，也不是什么劝解和宽慰，只是需要一点时间和随着时间流逝却没办法逆转的那些决定。

现在的女性独立性更强了，已经摆脱了因过度依赖而产生的委屈，也不怕离婚后带来的改变。有个朋友说，当她们在同学聚会时寒暄"离了吗""还没呢""还过着呢"时，大家都感觉很松弛很愉悦。能够真正大方地谈论各自的婚姻，也是当代女性的一种教养。

我可真不错

结婚是为了有个伴——这是婚姻最初的愿景。结婚也是为了繁衍后代——这是婚姻最水到渠成的任务。

但婚姻意味着你从此进入了另一种轨道，跨入了另一个领域，尝试另一种活着的姿态，这并不是每个人都能本能地意识到的事。

姑娘们都是害怕寂寞的，男人也是。成年后我们突然面临需要一个人面对世界、和父母之间依赖关系的脱离的现实，我们渴望亲密关系，爱情便是拯救寂寞最好的解药之一。相爱时你侬我侬，觉得此生不可与君绝，可我们不愿意去揣测爱情的韧性。

当选择携手步入婚姻后，爱情的比重也许就会逐渐减少，被亲情与习惯取代，而与之同步的，便是寂寞、无奈、隐忍、烦恼等等一切不美好的情绪的回归。这是一个无法料想的新的星球。

配偶，就是从没有过绝对的满意。

当有一天早上，你一睁开眼，在你身边的那个男人张嘴说的不是早安，也不问你早餐吃什么，而是问"你觉得地缘政治风险与全球金融动荡对我们家会造成什么具体影响"时，你一定觉得，这个人是世上最熟悉的陌生人。

大多数十年以上的毫无掩饰的夫妻之间，总有些许这样的刹那，彼此怀疑，也怀疑自己。从没有任何人对自己的配偶表示过完全满意，相反，表示完全不满意的倒是挺多的。

他们可能心系宇宙苍穹，言行举止里透露着忧国忧民的情怀，关心政治、经济，大国动向和民生社稷，他们迫切地想要透露自己宏伟的世界观和判断力，希望自己挥斥方遒的实力在这个家里得到充分的发挥与认可。

除了娃的考试是几号、家里的感冒药放哪儿了、结婚纪念日是哪一天之类的事，他们对别的事都能放在心上。

男人通常是感受不到女性语言或肢体表达中那些细腻又微妙的东西的，但他们却可以感受到别国领导人望向提问的记者时那尴尬的表情里透露出的一百多种内心挣扎。

你说男人不细腻？男人不会察言观色？男人不懂分析心理活动？他们只是不愿意为你细腻、为你察言观色、为你分析心理活动而已。

其实这年头，女人对男人也差不多，也并不一定会把最美好的一面留给老公。女人在老公面前可能是超人、蜘蛛侠、金刚钻，但女人在女性朋友面前却可以变回女人、蜘蛛精、4克拉蓝钻。你要是想得到关心，我劝你还是去找你的姐妹。

女人之间关心对方最近的情绪变化、心理波动、情感挫败，还能帮助对方产生新的想法和发展计划，以及总能从对方那儿学到点什么……我们除了股票和汇率，对别的也可以同时很在乎。

我早就说过，和女人聊天能让你整个灵魂充满生气，和男人聊天只能让你整个灵魂生气。

拥有自己的小孩，是人生最大的考场。

你会发现完全超出意料的琐碎生活正在朝你袭来。

无论在哪里，你不再是一个人，你永远需要带着一个小人，不是拎在手上就是挂在脑子里，不管做什么都要多考虑一步。

这是一个全新的世界，你会发现自己变强了，也变弱了。

我们还要选择婚姻吗？

结婚和单身是两种生活姿态，没有好坏对错，也不分高级低级。

但毋庸置疑的是，当我们选择了组建家庭、拥有小孩，我们便一定是绑定了更多的责任，与此同时失去了一些自由和洒脱，也没有了一个人时得过且过的勇气，我们将会变得积极、认真，不知不觉也许活成了更完整的自己。

而在婚姻和育儿的嘈杂琐碎里，获得的一些无法言表的情感支撑，更是没经历过婚姻的人无法体会到的生活小喜悦。

有人说婚后要绑定另一个人一同经历柴米油盐，还要带领小拖油瓶辛苦奔走，是很辛苦和心累的一件事。一点没错，那么我想知道，人这一生究竟是为了什么而活？我们可能会经历种种磨难，会无法花超过 50% 的时间去享受人生，反倒是需要用超过 90% 的时间去克服困境，战胜挑战，提升自己，然后用 10% 的时间来享受通过那些不怎么令人舒服的努力换来的成果。

婚姻亦如是。

把它想成是同步运行的另一个人生，是你高中的某场会考，是你大学毕业的某个面试，是你参加登山比赛的一段陡坡。人生哪有什么舒舒服服、自然而然的快乐啊，大部分还不都是靠你用尽全力为自己挣回片刻欢愉，才能自信地去沉浸于这得来不易的快活之中吗？我们要忍受夫妻间鸡零狗碎的争吵、三观不合的怒气、遇事有分歧的纠结、似乎没有了爱的形同虚设的家庭，还要忍受和孩子之间微妙变化着的关系、娃让你难堪和不满的恼怒、未能如你所愿得到回报的委屈……所有这些，就是人生，就是生活。你为的是撇不下当初立下过的某句誓言，为的是放不下对子女的责任和包容，为的是让自己在每个角色上都无愧于心，只有这样，你才能活得踏实、坦然、畅快，每每回顾过往时总是对自己淡淡一笑，说"我可真不错"。

02

处成道友

离婚有时候不是失败，是拯救，是止损，是重生。

低欲望保命

"低欲望婚姻"造就了很多"佛系夫妻"，尤其让很多女性的婚姻观变得更洒脱了，其中有个小的分支——"无性婚姻"。

无性婚姻就和海鲜过敏一样，都属于可以大大方方探讨的内容。2020 年春天，在刚庆祝完结婚十周年后，吴彦祖在 INS（全称为 instagram，一款移动社交应用）里说："结婚十年了，我的某器官可能是身上最干净的部分……"

这条带颜色的动态莫名引发了很多已婚女性的"极度舒适"。为啥呢？她们说："终于发现了吴彦祖和我老公的相同之处！"而未婚少女们多数则是一阵唏嘘："婚姻果然是爱情的坟墓啊！"

说真的，有时候婚姻不一定会因美满而让旁人嫉妒，却容易因冷却的激情而令旁人沮丧，弄得少女们"仿佛看到了自己悲凉的未来"……但少女们不知道的是，有时候无性不是一种萧条，反而可能是一种蓬勃。没个十年婚史怕是悟不透这一点。

很多高级的婚姻到了一定境界都能找到其他方式来弥补性生活

的缺乏，比如第一次一起揍娃，第一次一起做手工作业，第一次一起研究小升初战略……这些第一次都能比老夫老妻牵个手、拥个抱更容易催生多巴胺和内啡肽。只要不缺乏这些，你就会相信对方还是可以有用的……不需要仪式，也不用前戏，随时随地只需一场温柔的厨房打扫，或一段体贴的功课辅导，或一次帅气的提前还贷，都将能引发对方的颅内高潮。

结婚前，大家说"没有爱的性是耍流氓"。结婚后，我们才发现"没有性的爱也是耍流氓"。有娃后，很多人终于明白婚姻的形态原来可以如此多元，兄弟情、战友情、亲情、道义，助人为乐、抱团取暖，都有，但就是爱不明显了，性也不明显了，甚至连性别也不明显了。女人活成了大哥的大哥，你好意思对好兄弟动手吗？可婚姻依然还是婚姻，以它隐蔽的、不能被外人所知的姿态坚持着。

很多中年夫妻的婚姻状况是：无爱，无性，有娃。

但他们真的觉得自己很悲哀、很痛苦吗？

这里有一个关于"赠送礼品"的小故事。那是一个温暖的初春，我收到一个品牌商赠送的福袋，里面有一本书，十三姐夫高兴地说："太好了，我喜欢。"里面还有吃的，十三姐夫高兴地说："太好了，我喜欢。"里面还有一个杯子，十三姐夫高兴地说："太好了，我喜欢。"最后抖出来一盒冈本，十三姐夫高兴地说："这谁啊，怎么送这种没用的东西……"

于是我拿到群里去送人（其实是顺便想调研一下中年夫妻到底对这种橡胶制品是否有需求）。那盒珍贵的橡胶制品，容量为五个，保质期从 2018 年到 2023 年，大家说："五年？不行啊，用不完，都浪费了。"

中年人的喜悦在于收到枸杞、人参、降脂食物、减肥护肝和生发产品、免费试听课和黄冈密卷……至于橡胶制品？除非是加厚家用劳动手套……有的年轻人很不解：这到底是为什么？是什么熄灭了爱情的火焰？是什么浇灭了婚姻的激情？

我想说，年轻人，你别这么激动啊，不用靠性生活维系却依然还能好好地把婚姻进行下去，这不才是伟大的真情？你品，你细品。婚姻的起步再轰轰烈烈，中间也会经历磕磕绊绊，最后总要归于平平淡淡。对中年人来说，进入了一个放下执念、不断向命运妥协的境界，而"性生活"基本就是最没骨气的一个，通常最先向生活投降。如果性生活和 Wi-Fi 只能二选一，大家基本选后者，否则没法查看家长群通知啊！

我曾经在网上看到一个视频——"突然全裸出现在正在玩游戏的男朋友跟前，看看他是什么反应"。我想，年轻人的娱乐活动终究是太不深沉了，结婚十年后你再试试？全裸着站到正在玩电烙铁的老公面前，他也许会拍案而起："神经病啊，你别冻感冒了传染给儿子！"

哦，那时你会怀疑自己失去魅力了吗？并不会，因为中年人根本不会给自己机会做这种傻事，有空脱衣服还不如多投身到学习之中，毕竟作业才是维系中年夫妻婚姻的纽带。务虚的年轻人才追求"活儿好"，务实的中年人只想要"活好"。

无性婚姻已经与时俱进了，不再是过去的人理解的"感情破裂"，就像如今的中年夫妻最好希望"对方别来烦我"，这是感情破裂吗？这说明感情稳定，大家已经找到让自己更愉悦的稳定方式了。

当代婚姻差不多就是这样，那么多烦琐闹心的事情在眼前，越来越多的人没空去思考"性"的存在感。有人就要问了：无性婚姻会导致出轨率提高吧？不排除这种情况，但出轨者并不一定是因为婚内无性，而是因其就是要出轨，别管婚姻的情况到底如何。

离婚也不一定是"无性"导致的，大多数人离婚还是因为性格和精神层面不能融合。另外我也发现大家都在争抢这种"冠名"，一说"80后"夫妻无性，"70后"的朋友就不高兴了，觉得自己被忽视了，连"90后"都跳起来了：瞧不起谁呢，谁还不是结了个佛系婚啊！

这年头，好多人结婚就跟出家差不多。这就是一场修行，而且不沾荤腥。本来是在外面不沾，现在连在家里也不沾了，锤炼佛性，多年后会发现自己肉欲少了，妄念没了，平淡是真了，活得就像唐僧和女儿国国王那样守身如玉，相敬如宾，共商佛法，全力"鸡娃^①"，这是至高境界的爱与和平。

所以啊，都别给自己那么多责任和压力，没有人能做到过了很多年依然仿若初见般地心潮澎湃，毫无心理障碍。所谓"经营婚姻"，如果只能从"性"上去经营，那才是最危险的。

在"低欲望婚姻"里，双方成长步调一致，有彼此都认可的付出平衡感，才是维系婚姻黏性的方式。而"性"这件事，无论从形态上还是从功能上都变了，它也许可以锦上添花，但肯定不能雪中送炭。

当然，结婚久了，低欲望的范畴会越来越大。哪怕一次普普通

---

① 鸡娃：网络流行词。指父母为了孩子能考出好成绩，不断给孩子安排学习和活动，不停让孩子去拼搏的行为。鸡即所谓"打鸡血"。

通的逛街消费，也能看出婚姻是如何改造了我们的。

有一次为了买副耳机，我带老公去了趟陆家嘴"高大上"的商场——"国金"。买完耳机赶紧走啊，不可能的，我又开始研究哪款电脑更轻薄。

你们真的不能理解一个已经有两台电脑的女人，就像衣橱里永远少一件衣服一样，上次想要一台小巧轻薄的，是为了能正好塞进她那五十九块钱的新帆布包里；这次想要一台更小巧轻薄的，可能是觉得缺一台电脑来匹配她那乌干达密林野生树莓色号指甲油吧。

结婚前，女人的欲望毫无掩饰的必要，是能为了一碟镇江香醋多买三斤大闸蟹的，不瞒你说，我家当年养猫的理由是我看上了一个漂亮的猫项圈。有时我怀疑我生孩子的理由是十几年前在复兴公园门口看到别人家的童车挺好看的，而我嫁给我老公可能只是因为在家具店里看中了一张双人床……

往事太美，不敢回忆。每次进入这种奢靡的场所，看到大家的消费欲望被点燃，我就开始不自觉地怜惜自己。我可能暂时不会买啥，但我会在心里埋下一颗种子，等它生根发芽再出手，直接买棵参天大树回来……

所以，我惧怕出门，只要待在家别出门，欲望的沟壑顶多一杯奶茶就能填平。

"国金"的中庭塞满了各种穿得很土的大哥大姐，突然有几个穿着带有巨大 logo 的花枝招展的大妈，环佩摇曳，款款而来，一时间，眼前桃红柳绿，炫彩夺目，强大的气场让整个楼层的时尚气息都黯然失色。

大妈们信步来到旁边服务台，优雅地询问附近哪里有地铁站，我正在纳闷这样高规格的出行格调与朴实无华的公共交通如何完美结合的时候，大妈们抢先注释了此行的目的——原来她们是想去地铁站拍摄城市风情组照。

要成为追逐时间的骄子，就必须拍一套换一个地方，挥一挥纱巾，不招惹一丝尘埃。

大妈们颜者为师的感染力和身体力行的行动力，让吾等不修边幅、素面朝天的普通中年人心中五味杂陈，自愧弗如。银发如霜的老年人尚且如此奋发有为地展现生活态度，我们这些正值当打之年的中流砥柱岂能暮气沉沉地提前放弃抵抗，任由生活品质滑向平淡的深渊？

我内心已经波涛汹涌了，低头看了看一身全棉的自己。左眼里流露出"你看看人家老年人，比我还娇媚"的哀怨，右眼中闪烁出"今天我必须改头换面重新做人"的志向。别的不敢说，但此刻身处"国金"腹地，随便找家店，支付成功，五分钟后就能赢过这些大妈。

"我已经一年没有买衣服了！哼！"我倔强的表情不含杂质，一定是彻底忘了自己去年买的衣服还一次都没穿过。

我准备用一次报复性的高消费来填补刚被刺激过的欲望沟壑。

这种难得冒头的消费冲动，就像体检前的临时养生，不敢说立刻就让生活产生天翻地覆的改变，但至少能给心灵带来足够的慰藉，足矣！

既然时光不复回，散尽浮财恣欢愉。

有了行动的方向，有了造作的条件，有了饱满的情绪，此番天时地利人和，为了这个诈尸般的冲动，就算花再多的钱，今天也必须把这个事情办了。

我们一行雄赳赳气昂昂地起身冲向了最贵的那层楼，顿时就傻眼了——几乎所有的店门口都在排长队。怎么，这是打折吗？不，这里从来不打折。

这是人性的扭曲还是道德的沦丧我不清楚，但咱的老寒腿可经不起这样的"体罚"，算了，还是上楼吧。中年人脆弱的情绪可没有滋生这些富贵病的土壤。

来到楼上，确实地广人稀、门庭清爽，我们优雅地踱步，自信满满地穿梭在精致的物欲世界里。这时新的问题又出现了，当我把价格瞄上一眼之后，就默默地在心里算计着，省下大致同样量级的钞票，也许换来的就是孩子整个寒假的弯道超车！

中年人的"鸡贼"特性在此时悄无声息地重新占领了理智的高地。

最后我们难得默契一回，心有灵犀地停驻在 GODIVA（歌帝梵，一个巧克力品牌店）门前，我知道今天既然总要有一笔消费，那这一定是最好的解决方案——一人一个最贵的冰激凌，于是圆满地完成了此次奢侈消费之旅。

中年人的欲望就是在这样一次次的理性回归过程中，慢慢地落脚到最简单的层面——吃点好的。嘿嘿，我们的绝活是适可而止啊。

我们放纵不了情绪，我们只能放纵胃口；我们留不住秀发，我们只能留住脂肪。用十三姐夫的话说，吃与生活的一切都相关，除了吃本身。中年夫妻没啥欲望，就算有，吃是最好的解决方案。我们经常被生活按在地上摩擦，对欲望不断做减法，最后只能用吃来给自己找个台阶下。在吞下美食的一刹那，我们可以暂时忘记那些挥之不去的沮丧，这样的愉悦感治愈了我们的焦虑、麻木、寡淡，是对生活最好的慰藉。

中年夫妻经历过生活的坎坷之后，便不再迷信把一个人的温暖转移到另一个人的胸膛，只经营一起长胖的恩爱。

当两口子都把剩余的力气用到消化上，就没有那么多精力去胡思乱想。食物落进胃里，灵魂也就有了根，心里也就有了底，那些婚姻生活里的怨怼、愤懑、哀愁，终将烟消云散，吵了一辈子的冤家也能红尘做伴，胖得理所当然。

低级的欲望通过放纵即可获得，高级的欲望通过自律才能赢取，顶级的欲望通过结婚多年方可领悟。

每一斤肉，都是我们成功化解欲望的战果；每一寸腰围，都是我们放弃虚荣、返璞归真的体现。

中年人为何容易发胖？答案已经十分明朗了——那都是在每次欲望出现的时候转移注意力，给自己找个台阶下。

所以，中年人没事别随便出门，出门一趟，得吃好几顿。

红绿事件

本学期我的心理学教授要求我们每天记录自己的"红绿活动"，这成了我这两周以来心头抹不掉的朱砂痣与白月光。简单来说，绿色事件就是有动力的、喜欢做的、兴致高昂的、期待的，即使身体疲劳也愿意做的事情；红色事件就是不喜欢做的、让人感到筋疲力尽的、需要大量精力和自我控制才能做好的事情。

每天这么记录着，我不由自主地跑偏了，很容易变成了记录"哪些事让我高兴"和"哪些事让我心烦"……不过呢，虽然有点跑偏，但这个方向却也打开了我新世界的大门。

比如我吃了个甜品很好吃，嗯，绿色事件。收到个考试通知感到焦虑，唉，红色事件。上周拍了一个广告很好玩，绿色事件。拍完后发现镜头中的我整个人圆滚滚的，红色事件。作业还一个字没动，红色事件。作业终于写完了，绿色事件。我儿子出去考察三天，绿色事件。可惜他爹还在家，红色事件……

自从学了这个心理学，我每天都在红绿交替中匍匐前进，把每件事都有色化地归了类。谁不想多一点开心事呢，所以我现在天天期待被"绿"。

终于有一天发生了一件事：十三姐夫突然在下午三点多提前下班回到家。那一刻，我开始思索一个终极问题：这算什么事件，红的还是绿的？

红的，肯定是红的。

本来我一个人在家好好的，你为什么突然回来？我这大好的独处时光，本来是很绿的，你一出现，唰的一下就红了。

于是我又开始思考一个更有深度的问题：我老公什么时候给过我绿色？好像还真不多。唉，人生第一次，真希望他能多"绿"我一些……结果我越想越气。

这个男人打破了我的独处时光，如同一道闪电划破了静谧的天际，他还挑了个我最需要安静工作的时候，径直走进了我的书房，开始说一堆废话。具体说了什么我也没有听进去，我只看到他脸上飘着一行弹幕："想被我'绿'吗？没门，我又来给你添'红'啦！"

唉，此刻我感觉我的红绿活动反思报告就快有眉目了：标题不如就叫《中年妇女最大的绿色就是一个人待着》吧。

这个红绿活动记录和反思想得我走火入魔，每天一睁眼就好像有一个大的框架——嗯，今天阳光明媚，我心情应该不错，看啥都顺眼，满世界都是绿色……要是阴天下雨，主基调都红了，看谁都是红的……我整天脑子嗡嗡的，一想到这个红绿作业，眼前就飘过很多幻境，红绿灯、股票大盘、卷子上的叉叉、红鲤鱼与绿鲤鱼与驴……

于是我觉得是时候好好归纳总结一下了，看看我们中年老母亲的绿色活动和红色活动到底有什么。然后我做了两份问卷，一份是绿色活动统计，一份是红色活动统计。分别回收了二百五十四份来自中年老母亲的答卷。

要不怎么说：了解自己的还得是自己啊！

通过统计数据我发现，中年老母亲的绿色事件中排名第一的，果然就是独处！

红色事件中排名第一的是"解决家庭纠纷"，通俗来讲就是"吵架"。

红色事件中紧随其后的，非"辅导孩子学习"莫属。

绿色事件排名前五位的：独处、旅游、读书、专注于自己的兴趣爱好、三两闺密好友聚会。

红色事件排名前五位的：解决家庭纠纷、辅导孩子学习、做家务和做饭、与父母公婆等长辈相处、与配偶商量事情。

看这个统计结果的目的也不光是让我们自己更了解自己，我觉得更重要的功能是让处在红色事件表中的相关人员更了解中年妇女情绪的根源。

我给十三姐夫看了绿表的第一和红表的第一，问他能总结出什么，他几乎脱口而出："你喜欢一个人待着，不喜欢我们在家制造纠纷。"

你看，但凡小学毕业，有基本逻辑，连大直男都能瞬间总结出我们的爱恨情仇，简单又粗暴，直观又明显。

这种启发式的数据洗脑教育，比我们苦口婆心唠叨一百遍都管用。

话说回来，记录红绿活动的初衷是为了觉察自己的性格优势，在生活中发挥性格优势的事件是绿色的，反之是红色的。但仔细想想，其实结论差不多，所谓性格，都是生活磨出来的。如果你每天被磨得通红，性格再有优势也绿不起来。

所以现在我们有了新的目标：多为自己的绿色事件铺路，努力让自己开心；在遇到红色事件时提前预警，控制火候。

总之，想要生活过得去，每天都得有点"绿"。

向下兼容

众所周知，有这么一个群体，周末和节假日是最忙碌的，上班才像放假。她们就是当代"硬核"老母亲。

尤其是每个周一，沉寂了两天的微信群因为她们开始上班而起死回生，从天蒙蒙亮直到午夜，她们在群里释放着说不完的心里话和数不尽的知识点。

每个工作日不仅是老母亲们的假期，也是大家学知识长见识的人生课堂。

那天是周一，我又一次从早上睁开眼就开始追赶她们聊天的步伐。看老母亲们的聊天，讲究的是手疾眼快，你低头捡个笔的工夫，她们就能从 $1+1=2$ 聊到费米子泡利不相容和洛伦兹变换。

不光速度惊人，内容的广度和深度也是惊人的。

从青春期的自卑与叛逆聊到亲子关系的缓和妙招，从初中数学聊到大学哲学，从学习方法聊到猪队友的共情能力，从工作压力聊到低期望值……

再从防脱发和调整睡眠聊到调教配偶，从终身学习聊到环境与人格，从好书推荐聊到强迫症治疗……

两小时就这么过去了。

接着大家又开始聊人际关系和因材施教，然后是直男、经济独立、孕期情绪，紧接着，又聊了一会儿德国男人。

之后她们顺滑地切换频道，开始从理财聊到胸闷咳嗽，再从意外怀孕聊到爱情，从一夫一妻聊到黑猩猩，再从社会资源聊到精英女性……

一上午就这么过去了。

她们又开始聊幼儿园、绘本、性教育、电视剧……

然后聊旅行、姐弟恋、全职妈妈、作文、兴趣班、恐婚、两性关系、多巴胺……

再然后聊到了钟点工、离婚与二婚、脾气大、双相情感障碍、婆媳关系、高情商……

之后是文化差异、门当户对、家务摆烂①、做减法、《斗罗大陆》、二胎三胎……

下午茶时间到了，她们就好像是不用进食的机器人一样，马不停蹄地继续聊审美退化、应用心理学、奢侈品专柜、同性恋、减肥……

然后另一拨人加入了进来，话题开始转向失神癫痫、潜意识、英语口语、瑜伽入门、大病险、焦虑症、阅读障碍……

---

① 摆烂：网络用语。指故意表现出不用心、不认真、不努力的态度或行为。

过了一会儿又来了一拨，开始讨论中考改革、重高职高普高、兽医、医美、早恋、网络游戏、空心病、恋爱脑、物理题、脱毛……

几个小时又过去了，一转眼到了黄昏。

她们的话题转到了心率监测、羊毛大衣、中医号脉、生理期混乱、黄芪生脉饮、牙医、预防近视……

晚饭吃完了，她们的话题依然源源不断。

我一边吃着晚餐一边看着群里如海洋一般波澜不绝的知识点，有个姐妹说："我在大学里有自己的兽医院、饲料厂、奶牛场、三百头猪的实验猪场、三千只鸡的实验鸡场，都是理论结合实践，有人说你们大学生动手能力比不上我们农村大老粗，我现场给他们阉了两只大公鸡，说我写毕业论文杀了七十五头猪……"

好家伙，我是真的为你们感到自豪啊。

这真的已经超越了普通闲聊的段位，一个群里，有人做科普，有人讲心理治疗，有人介绍用药经验，有人分享怎么提高娃的成绩，更有人手把手教你如何提高老公做家务的积极性……

短短一天之内的聊天，我可能要用整个下半生去沉淀这些知识点。

更神奇的是，我试图从中找出某一个话题来跟十三姐夫聊一聊，想来想去也没想好聊啥，就是觉得他不懂。

你看，我们不得不又开始思考这个终极问题：猪队友的价值在哪里？

尤其是与我们身边的女性朋友相比，猪队友完全无法提供情绪价值。

而这些妈妈之所以在群里跟姐妹们有这么多话可聊，也可以说明在家憋坏了，老公根本不是一个好的聊天对象。

前阵子我跟孩子他爹说："我今天去医院，发现那些看病的男人基本都有个女人陪着，但那些看病的女人基本上都是一个人，她们是不需要人陪吗？这届女人太强，导致男人更不体贴了！"

孩子他爹沉默了三秒，缓缓飘出一句话："你去医院居然有停车位？"

你永远不知道他的脑回路是怎么形成的，好像是小学老师没有教过他一段对话的重点到底在哪里，以及什么时候应该说什么话去接应对方抛出来的话题……但真的，他大多数时候都能十分巧妙精确地避开所有你想要跟他交会的点。

就因为交会点都被避开了，所以男人真的教不会。

在脑回路这方面，男女有别，也强求不得。

既然教不会，很多时候"不说话"就是最好的婚姻稳定剂。

还是我之前说过的那句老话：和女人聊天让我整个人充满生气，和老公聊天只会让我整个人生气。

当我跟老公说"我对最近的状态不太满意"时，他会说"你就是缺乏运动"。当我跟老公说"我这几天睡眠不好"时，他会说"你就是缺乏运动"。

我胃口不好，他说我缺乏运动。我不想工作，他说我缺乏运动。如果我因此不开心，他也会认识到错误，不会再提缺乏运动，然后说我是玩手机玩的。

我也是经过了好多年的沉淀和思考，才总结出"钢铁直男是很难提供情绪价值的一种生物"，但本着道义精神，也不能因为人家有这方面的缺陷，就放弃探索人家的其他价值。

在寻找老公其他价值这件事上，我也废了很多功夫，哦不，是费了很多功夫。

我家一个卫生间前阵子总是有烟味，我猜测是楼下邻居在窗口抽烟，烟味飘了进来，但我关了窗户也没用，烟味持续进入，弄得我很抓狂。

如果是在几年前，我会立马自己解决这个问题，排查原因，找到办法，一气呵成。但现在，为了探索老公的价值，我一边忍受着每天的烟味，一边持续不断地把我的抓狂输出给他，一见他就抛出"我快被熏死了"和"这房子没法住了"等巨大的 PUA① 词汇，让他知道一个道理："我不舒服，你也别想舒服。"

然后呢，他迫于我天天抱怨烟味的压力，终于搞来了密封条，把整个窗户从头到尾贴了一遍。果然！从此再也没有烟味了！

你看，老公的价值这不就出来了吗？

我当然是表扬了他。

紧接着，为了享受这种被表扬的快感，他又打算给空气净化器换个过滤网，趁着状态良好，持续证明自己的价值。

这种换过滤网的事，在我的意识中也就是三分钟的事。

但你能理解钢铁直男的思维方式吗？人家为了体现更大的价值，

---

① PUA：全称"Pick-up Artist"，多指一方通过精神打压等方式对另一方进行情感控制。

把整个净化器全拆了，理由是："我要把里面每一个螺丝都消毒和清洗一遍。"

那也行啊，但你拆完了得装回去呀！

一周过去了，这个被拆成骨架的净化器，仍然以零部件的形式散落在我的阳台上。

又过了五天，在我一再地催促下，他终于开始进入组装环节，但装到一半又停工了，原因是"少了两个螺母"。

大哥就这样全副武装地抱着他心爱的净化器观摩，再观摩，也许觉得这样观摩一晚上，两个螺母就能从天而降。

这个本来我自己三分钟就能换好过滤网的净化器，在他手里变成了废铜烂铁，还不知道啥时候才能用上。

但仔细想想，咱也不能一张嘴就否定他，只能去接纳和等待，如果有情绪，就去女性朋友那儿找找出口和答案。

果然，从早到晚不间断输出的中年老母亲精神治疗群里，一定会有你想要的某种答案。

把队友当成你的资源，资源不好就适度优化升级，优化不了就去挖掘他能成为资源的其他的点。价值足够高就妥善使用，价值很低就学会兼容。

如果说女性朋友带给我们的是不断向上的追求与进步的可能，那么老公带给我们的也许就是练就不断向下包容的博大胸怀。

向下寻找他的价值，也许就是向内探寻我们自己的一部分，这可能就是我们成为一个更完整的人的必经之路吧。

处成道友

一天晚上我正在做作业，孩子他爹发来一个视频。视频中一群中年男人在过年期间聚餐，有人提议"不接到老婆的电话就不许回家"。结果直到半夜 12 点，只有一个男人接到了电话，兴高采烈地回家了。剩下一大桌子十来个中年男人垂头丧气地继续熬，最后一个电话都没响，实在熬不住了才散伙。

中年男人无人认领，中年妇女不闻不问，真正演绎了中年夫妻铁打的友谊，这男女关系不但纯洁，还不黏人。

虽然我看懂了内容，但由于还沉浸在知识的海洋里没有清醒过来，所以没搭理孩子他爹。过了一会儿，他从卫生间走了出来，跟我说："我出去兜了一圈，都回来半小时了，你居然不知道我出去过又回来了……"于是我百忙之中抽空瞄了他一眼，发现他的眼神就像尔康被紫薇背叛了一样委屈，他可能是跟视频里那些大哥产生了共情，不被关注甚至被当成空气的中年男人们，突然意识到自己可以来去如风不留痕迹，一时间竟有点意难平。

其实只要理性思考，就知道为什么中年男人不会被催着回家。我催你回来干啥呢，是想要你回来占一个厕所、摊一桌子电烙铁、制造厨余垃圾、骚扰娃写作业，还是挡我 Wi-Fi 信号？

大哥，你不是尔康，我也不是紫薇，别忘了咱俩都是省油的灯，你是不是《百年孤独》看多了？虽然那一刻气氛有点云谲波诡，我也想跟他掰扯掰扯，可是在弗洛伊德和孩子他爹之间我还是果断选择了前者，毕竟离交作业的截止时间不远了。作业和老公，这不是一道选择题，而是淘汰题，直接淘汰老公。

其实在很多事物跟老公之间，我们都会优先选择前者。这就是为什么十三姐夫在家始终排名第四，有时候他还能排第五第六，扫地机和空调都比他优先级高。他只要不违法、不惹事、能活着，我甚至愿意让他去"宁古塔"寻找诗和远方。拥有绝对的自由不是他们一生的追求吗？

结婚十年以上的男人，基本都能实现这种自由，哪个老婆闲得没事天天盯着老公？正常女人的心思不在这上面，关注老公都没关注高启强[1]多。各位大哥真的用不着觉得悲凉落寞，就像你们被问到"你愿意和谁度过一个愉快的周末？ A. 和自己的太太……"时果断地抢答 B 的时候一样，这局大家是平手。

你看，都老夫老妻了，千年的狐狸不演"聊斋"，咱们都不是彼此的优选。中年男人们聚餐到午夜不会被催，就像我们约上姐妹出去玩个三五天也不希望有人打扰一样，谁催谁幼稚。

---

[1] 高启强：电视剧《狂飙》中的主要反派。

何况中年妇女很务实，有一种岁月静好叫"老公不在家"，你想出去多久就多久，只要不是带着儿子出去我就不会催也不会问，毕竟儿子是亲生的。有人说过，娃最大的风险来自带他出门的父亲。

很多夫妻现在的相处比兄弟和战友更上一层楼，已经活成了道友。道友情之高深，讲究的是儒释道三教合一，四大皆空，识心见性，独全其真。大家都开始追求内心的宁静，反正已经完成了繁衍后代的任务，剩下的日子，为彼此活成道高一尺魔高一丈的平行线，回归生活的本源，将老庄清静无为的思想贯彻到在婚姻实践中练就的科技与狠活①中。

说到这儿，我不得不提一嘴我的一位远方朋友，过年期间我跟她视频聊天，聊了半天后，我问她："你老公呢？"她说："不知道，我找找。"过了一会儿，她跑回来对我说："没找到，我给他打个电话。"打完电话，她老公步履蹒跚地过来了，跟我打了个招呼，说："不好意思，我刚睡醒……"

我问我朋友："你老公这么大个人在床上睡觉，你居然说找不到他？"

她说："我哪里知道他大白天睡觉，再说我从不进他的卧室。"

那一刻我明白了她为什么从市区小三房置换到了郊区大别墅。在家里，夫妻俩都互相见不到，寻找对方要靠打电话，重点是：家里的卧室数量决定了夫妻关系的稳定程度。

他们也是活成纯洁道友的一对典范，女的天天打坐练瑜伽，男

---

① 狠活：网络用语。常用于描述某个任务或工作非常困难，需要付出大量努力的情况。

的沉迷钓鱼和养花，互不干涉。偶尔遇到对方，切磋一下养生技艺，分享一些对生命的感悟，按需交流，根据心情定尺度，这正是一种极好的养生型婚姻关系。

以前有人说不理解这种模式，我只能说那是他们境界还没到。

婚姻里，如胶似漆是一种模式，活成道友也是一种模式，不分高低贵贱，没有好坏之分。

即使是无性婚姻，只要能找到和谐相处之道，便是诠释了"色即是空，空即是色"的大智慧。婚姻中有时"空空如也"胜过"满满当当"，这是更高层次的生命大和谐。

无论是处成兄弟、处成战友还是处成合作伙伴，原来都只不过是婚姻的前奏，至高境界是处成道友。届时将不再有世俗的纷争，彼此拥有了更多自由和空间，两人只有一个共同目标：养生续命，避免因对方而元气大伤。

一切有利于内心平静的行为都是正确的，一切不利于心血管健康的行为都是无意义的。大家都有一些自由，又都有一点责任，在交界线的地方彼此合作，共同"修仙"。

未婚的自由只能算孤独，已婚的自由才是高端局。

智者不入爱河

我有个朋友立誓要考注册会计师，正日夜投身在学习之中，斗志昂扬，全力以赴。为了安心用功，她连五岁多的女儿也顾不上了，直接把娃送去了外婆家。一个周五晚上，她气呼呼地跟我说："我老公太烦人了，老是来骚扰我，一会儿说带我去吃夜宵，一会儿说带我去逛夜市，一会儿说去看电影，一会儿又说让我帮他选衣服，居然还想趁娃不在家跟我谈情说爱啊，还让不让人学习了！烦人！神经病！"唉，曾几何时，黏人的小娇妻连出门买根雪糕也必须拖着老公陪伴……如今，面对一个偶尔想过二人世界，玩点浪漫的老公，中年妇女的气不打一处来。

女人果然是会变的。

时过境迁，女人到了一定岁数，大多都能找到某种超越两性关系、超越家庭束缚的东西。在不同年龄段里，女人心里的主次、轻重都是不一样的。

我在微信群里听说一个小姑娘闹离婚，每天情绪跌宕起伏，要死要活，可她结婚还不到两年……婚姻没磨到一定年限，依然像个涉世未深的小女孩，把老公啊，感情啊，两人相处的细枝末节啊，看得比什么都重要，为了思考"老公是不是不爱我了"而耗尽气力，把自己整得跟林黛玉似的。

夫妻关系固然对情绪影响很大，但结婚多年后的我信了一句话：时间是最好的老师，教会我们一切书本上没有的东西。越长大，就越自然而然真正成熟了。等婚姻过了十年的节点，女人大脑的内存所剩无几，压根就没空间摆放"他还爱不爱我"这种事。

爱又怎样，不爱又怎样，你无法要求别人爱你，就像别人也无法要求你爱他一样。但你们可以互相要求对方维持一种体面，彼此尊重，共担责任，做好婚姻的合伙人，不要因为自己掉链子而影响了另一半的投资回报，这就是最理智的出路。

周末时，微信群里有个小伙伴说她被老公气得肝疼，带着孩子出门了，还不解恨，于是大家都憋大招想安抚她，但又憋不出来。其实到我们这个段位，劝慰女性朋友真的不必问吵架的具体缘由和过程，复盘那些糟心事并不会让人心情更好，治疗中年妇女的心病最有效的还是得连根拔起。然后我特意为她写了一首诗：

智者不入爱河，怨种①重蹈覆辙。男人点缀生活，寡王②一路硕博。铁锅炖只大鹅，你我终成富婆。呵呵。

就差配个锣鼓镲了，否则气氛更好。当然，这个"呵呵"不是狂

---

① 怨种：网络用语。指一个人整天不高兴，对谁都有意见。

② 寡王：网络用语。常用于调侃自己或他人没有朋友、社交圈较小或活动较少的情况。

妄、傲慢或蔑视，而是一种淡然、豁达与放下，是厚重尘埃飘然而出逐渐散尽的虚无与混沌的结合体，是一万六千五百七十八句话挂在嘴边没吐出，最后浓缩成一句感叹的极致凝练。

很多男人用了几年、十几年、几十年的时间，把自己的老婆培养成了"大哥的大哥"，如果女人还用大嫂的心态来审视这段关系，那就容易产生信息不对称，伤心难过和委屈就会油然而生。

成为"大哥的大哥"之后，我们就是智者了。不入爱河，一路硕博，富婆生活，这才是作为智者的我们该有的追求。格局要大，哪怕已婚，我们照样可以成为寡王，已婚人士寡起来更上一层楼。

我们更愿意一个人专注于真正能让自己升华起来的孤寂之中，而不是沉溺于锅碗瓢盆的热闹里。然后再去看待一切，就很容易产生一种"赚来"的感觉。就算财富上还不能自由，至少我们从精神上先自由起来吧。

自从我开启了"一路硕博"的人生旅程，看很多事都顺眼多了，这倒不是知识给了我力量，给我力量的是我不太够的脑容量——顾了这头就真的顾不了那头了。这倒让我更加明白，原来智者的智慧不在于面面俱到，而在于有的放矢。所以你见过寡王秀恩爱吗？那都是不长久的、会消失的，只有握在自己手上的东西不会消失，比如成绩单……

婚姻的裤腰带

婚姻伴随着孩子的长大，会趋于成熟而且神不知鬼不觉。三年前我还能指挥儿子整理拉杆箱，如今我已经插不上手，唯一能体现我剩余价值的是找出《拜伦诗选》和《蜘蛛侠：英雄归来》放到他的书包里，以彰显我是一个文武双全且不"鸡血"的老母亲，不像别人家给娃带的都是数学卷子和英语阅读书……

我的自我感动还不到十分钟，发现那两本书又被儿子放回了书架。他把《绿色电化学合成》塞进了书包。好家伙，儿大不由娘，他如果不是想在军营里扮演"绝命毒师"，那就一定是只想带一本有助于快速入眠的书。

早上我起来送儿子，眼睛里闪烁着慈母的光辉，看着眼前这个即将离开我们出去独立生活的娃背上行囊，我心里的LED电子屏开始滚动播放了：你磨蹭啥呢，还不赶紧走？！

从老师的前方报道中可以看出他们奔向诗和远方很快乐，但老师不知道，更快乐的是我们。就连我回到家准备开门的那一刻，都有一种刑满释放人员即将踏入桃花源深处的感觉。

下面就是我要说的坏消息了——

我一开门，看见孩子他爹站在那里，唉，我怎么差点忘了，家里还有一个碍事的。

我们俩对望了三秒，心中有一万匹羊驼呼啸而过，前尘往事，岁月蹉跎，不知为什么脑海里响起了《篱笆·女人和狗》的主题曲，导演喊了声"这里要有对手戏"。

他深邃的眼神里仿佛写了一篇八万多字的中篇小说：儿子出去了，这个家里就剩老两口相依为命，我们提前过上了空巢老人的生活，儿大不中留啊，终于轮到咱俩彼此携手，相濡以沫了，以后你可得对我好一点……

可我眼神里只有五个字：你咋不出差？

众所周知，出差是拯救婚姻、调节生活的重要外挂之一。我问他："你不出差吗？"

"不出。"

"为什么不出差？"

"为什么要出差？"

"你再想想，有什么事可以出趟差吗？"

"没有。"

"没有事可以制造点事嘛。"

"哦，那我下周好像可以制造点事。"

呵呵，好样的，下周儿子就回来了。

男人可爱不可爱？当你非常需要他在场的时候，他出差了；当你非常希望他出差的时候，他天天待在家里。当你熬过了他在家的日子，正好需要安排点任务给他的时候，他正好又出差了……

我想说的重点是，在配偶不出差的前提下，孩子真的是婚姻的裤腰带啊。他不一定能让你们的婚姻变得更美好，但至少可以让你们婚姻的裤子不掉，保住最后的倔强。

娃在家的时候，配偶问我"中午吃什么"，我会觉得这是一句善意的提醒，提醒我："您那个正在长身体的儿子需要您抽点时间为其量身定做一套营养午餐了。"而娃不在家的时候，配偶问我"中午吃什么"，我就气不打一处来：你问我？你问我？你问我？呵呵，今天我们吃土好了。

娃在家的时候，配偶经常感觉我为儿子的事忙前忙后挺操劳的。娃不在家时，配偶问我："你是不是很空？没事做？"我暂停了正在看的美剧，语重心长地对他说："我在学英语。"他觉得我在玩，眼神里是对我堕落和不自律的失望。娃在家时，配偶缠着孩子搞难题、做实验，把东西弄坏再把它修好，可以获得许多成就感。娃不在家时，他也遇到了独孤求败的挫败感，好不容易做出一道数学题，却找不到人显摆，就像爱上一匹野马，可家里没有草原……孩子和数学题才是婚姻的纽带，我再重申一遍。

以前经常听年轻夫妻说要当丁克一族，因为没有孩子的二人世界多潇洒啊，在家里任性地吃喝玩乐，肆无忌惮。但是我现在就挺替他们捏把汗的。结婚十年以后的老夫老妻，别管有没有孩子，当你俩过二人世界的时候，你们到底能有多任性地吃喝玩乐，能有多肆无忌惮？反正我现在只想任性地保持安静，肆无忌惮地享受独处。

孩子在家反而更好一点，毕竟我们夫妻俩可以有个同仇敌忾的对象和话题；而娃不在家的时候，连说话都略显尴尬，感觉就像观众已经退票了，我们俩却还在自导自演。

晚上我薅着头发码字，配偶坐在离我 2.5 米远的地方，把电脑开到 80 分贝看美食节目。我让他离我远一点，他说偌大的一幢豪宅，他感到清冷孤单，必须离我近一点才不感到害怕。我想了想，这是不是理工直男的一种套路——趁娃不在家的时候向我示好？于是我硬着头皮放下了工作，决定来一场二人世界的观影，经过一番理念严重不合的斗争之后，我们选择了一起看《脱口秀大会》。屏幕里一片哈哈哈，屏幕外的我们一边快进一边全程高冷，平静安详，形同雕塑，偶尔还冷笑一声。不知道的还以为这儿有两个精神病患者正在进行在线治疗。儿子要是再不回来，我们连战友情都快没了，快变成病友情了。不知为什么，我脑海里又响起了《辘轳·女人和井》的主题曲。

觉得脱口秀不好笑，可能是因为我们比他们都好笑吧，普通而自信的中年夫妻，以为孩子不在家可以重获新生，没想到空巢爹娘真考验技术，生活真的比什么综艺都好笑啊。老两口竟然遭遇了猛然回归二人世界的种种不适应，我们俩就像村里没见过世面又性情刚烈的狗剩和翠花，突然被红娘甩在了田间地头，尴尬又局促，只盼着有人快点回来，化解这场危机。终于明白为什么有些人热衷于生二胎三胎了，一根裤腰带不够用啊。

多一事不如少一事

2022 年世界杯期间，一个卡塔尔中年男人对着镜头说："以前看世界杯都得坐飞机出去看，后来一打听，办一届世界杯原来才这么点钱，和办一场婚礼差不多。再说家里的叔叔伯伯年纪都大了，出国不方便，在自己家门口办一届也算体恤体恤老人家们。"

这本来就是个重度"凡尔赛"帖，管它真的假的，看看就当长见识了。

同一时间，我又看到了另一个帖子，问"你干过最刺激的事情是什么"。我脑海里仿佛出现了卡塔尔男人的答案——"有一次我觉得出国看世界杯太麻烦了，就在家门口办了一届，真的很刺激……"可毕竟卡塔尔人离我太远了，也太魔幻了，后来我看到了一位上海中年男人的回答：

"有一天公司突然要求全员在家上班，我把孩子送到幼儿园，老婆去上班，家里就我一个人。我去买了两罐啤酒和一盒手撕鸡，中午炒了个菜，本来计划喝一罐，结果一开心喝了两罐。喝完了，把

109

空易拉罐收好，下午去接孩子放学的路上顺道把空罐子扔了。这事，我老婆、我儿子都不知道，就像没有发生过，真的很刺激。"

小作文《我干过的最刺激的事》，跟卡塔尔那位大孝子一比，上海中年男人显得如此接地气，不值一提，但仔细一想，他这事的刺激程度还真不见得比那个卡塔尔人低呢！

把这两个男人放在一起，卡塔尔男人 vs 上海男人，真的能笑一整天，哈哈哈哈哈哈哈。同一个世界，同一个物种，大家的刺激程度竟如此不同！

大多数人能触碰的刺激天花板，估计也就跟后者差不多吧。中年男人，拥有能独处的、不被监视的、可自由支配的、为所欲为的、甚至略微突破自己底线都不被发现的一小段时间，且事后不露任何马脚，让这段记忆在历史长河中被掩埋，只有天知地知自己知，直到入土为安的那一刻，一想到曾经有过这一段往事可能都会笑着瞑目……这真的很刺激不是吗?！哈哈哈哈哈，已婚已育人士的大半生啊，真的很容易满足。更好笑的是，这位中年男人把自己的刺激故事一讲，后面大批中年男人的跟帖蜂拥而至。

"刺激得让人心疼了，兄弟。"

"等等，你锅还没刷呢，你老婆回去要发现了。"

看来每个中年男人的软肋不是别的，正是自己的憋屈，只要轻轻刮一下他们的痛点，每个男人都可以成为诗人。

别看这只是个鸡毛蒜皮大的事，但其实有很多人根本理解不了这样的内涵帖。没个十几年婚姻的磨皮，谁能看懂生活的滤镜？

就比如有的人把这种行为单纯地理解成"女人管老公"，说：

"喝啤酒怎么了，就两罐啤酒，有女的不让喝吗？真有女的这样管老公吗？真没意思。"其实懂婚姻的人都知道，这是喝酒的事吗？这是女人管男人的事吗？都不是。反过来说，婚姻中的女人也是一样的，有很多事，尽量避开老公，尽量避免产生正面抓虫①的可能性，因为有些事压根就不需要浮出水面，浮出来了就可能会有大波浪。

婚姻到了一定阶段，就跟管理公司一样，大家努力的方向已经不是如何让公司经营得更好，而是如何避免股东之间互相撕扯导致破产。

婚姻给我们带来的智慧——事不分对错，只看利弊。再小的事，但凡有可能挑起情绪，引发战争的，都算大事。啥叫婚姻里四两拨千斤？就是如果他没有处理好，晚上老婆问："垃圾桶里的鸡骨头和啤酒罐是哪儿来的？"老公说："我中午自己吃的。"老婆说："你倒过得挺享受的，儿子英语不及格你不管，厨房油烟机坏了你不修，我在单位被欺负了你不帮，别人家的老婆每年换三个包，我呢……"然后老公望着掩面抽泣的老婆，扇了自己两个耳光……说白了，你今天自娱自乐喝了一整箱啤酒，玩了一整天游戏，老婆只要今天肚子里没有别的委屈，心平气和，岁月静好，她压根不会说一个字。但有时候你只是随心所欲了一点点，正巧老婆情绪不好，那你干的任何一件事都可能成为"人性的扭曲和道德的沦丧"……

这就是婚姻给我们带来的"多一事不如少一事"。这也是为什么婚后无论男人女人，都倍加珍惜独处的时间。男人会在停好车后在

①抓虫：网络用语。指质疑和费劲解释。

车里坐五分钟，其实女人何尝不是，我们停好车后恨不得再重新启动，开出去兜个两天两夜，要不是家长群里的接龙还在催，软肋还在嗷嗷待哺，我们谁不想一个人待到地老天荒啊。不是我们不愿意与家人相处，是我们太留恋独处时的平静了。

结婚之前没人理，那叫凄凉；结了婚没人理，那叫自由。

这不得不又让人开始思考一个终极问题：婚姻到底给男人带来了什么？其实和"婚姻给女人带来了什么"是一样的，带来的是人生的另一种体会，让你的生活变得层次丰富和充满未知。至于能把这些丰富的层次轻描淡写说出来的人，其实已经通过了考验，基本可以笑对一切了。这些人，远比那些说不出话，内心却充满抱怨、猜忌、愤恨、不知足的人快乐得多。连婚姻都能直面和笑谈的人，还有什么能打倒他？

家里的企业文化

有位女明星宣布离婚，一大拨同情她的网友开始细数男方是如何搞砸了婚姻的，还有一拨标题可能为《××离婚，婚姻里7个你不知道的真相》《再浓烈的爱情，抵不过婚姻生活的鞭挞》《10年爱情不再，如何让婚姻保鲜》之类的鸡汤文应该已经在熬制出锅的路上了……

每次在喝"鸡汤"之前，我都建议大家先来片"醒酒药"，都什么年代了，离婚时还有人在替人家熬感情的汤。离婚纵然是夫妻感情走到了尽头，背后少不了只有他们俩才懂的问题，但人家的离婚还有名下价值九亿多元的豪宅、价值三亿五千万元的酒店、十多家投资千万元以上的企业、股份和代言收益，以及一男一女两个孩子抚养权的分割……都这时候了，理性至少要占51%。对这种明星家庭来说，能直接高调宣布已起诉离婚，那说明大部分的分割基本谈妥了，或者她的律师"有胜算"。

而能够谈妥这些，互相给个体面的祝福并成功把婚离了，这过于顺利的分手，已经说明这两个人此时都很冷静，没有什么痛苦或困惑，人家的关系甚至可能超越了很多人的婚姻质量了。

有时候，能离得成的婚，就是好婚。能有个体面的收尾，就是好结尾。毕竟有多少婚姻，好又好不了，分又分不成，在那儿苦苦耗着。想离没法离，相煎何太急。离不成的婚，还分好几类，比如：撕破脸的、争财产的、大打出手的、互相抢公章的、当众谩骂的、暗箱操作的、起诉几年离婚未果的……又如：冷战的、分居各过各的、孩子互相推诿没人管的、分分合合剪不断理还乱的、扭捏拖拉无法给个痛快话的……还比如：死要面子硬撑的、表面和谐背地里恨之入骨的、为了某些利益不得不继续一起生活的、每天都在演戏演到精神分裂的……再比如：觉得婚姻很不快乐但害怕离了婚自己没法过的，以及已经想了成千上万次离婚，但碍于孩子只能勉强硬撑的……更比如：被"恋爱脑"支配，在婚姻里越来越欲求不满，却又不知该怎样改造对方，逐渐走不进对方的世界，最后只能在彼此抱怨和相爱相杀里互相折磨一辈子的……

低质量的"伪婚姻"实在是多了去了，能痛快离婚的有几个啊？

所以说，离婚不等于真的失败，没离也不能代表婚姻就成功了。有的人莫名唏嘘别人，还不如先抱抱自己。人们都渴望看到爱，不希望看到破裂。好多人都希望从其他伴侣的身上找到那种感人至深的坚持，那可能是因为自己身上已经找不到了。

我们很渴望看到分手的人复合，离婚的人复婚，有误解和矛盾的情侣消除芥蒂。可惜啊，婚姻这东西，不是靠一息尚存的感情就能稳固住的，它是一个密封性极好的单向阀，进去的时候无论是顺从还是挣扎，只能硬着头皮往前走，走到一半想回去是不太可能的，只能把阀关掉，先出来，有机会的话再进一次。但已经走过一次了，知道里面是啥样的，再回去的概率不大。

"我的世界他进不来，他的世界我不太想进去。"离了婚的人往往敢正视遗憾。

所以，离婚有时候不是失败，是拯救，是止损，是重生。"同情"和"可惜"真的谈不上。人间能想象到的美好，大多数夫妻都体验过了，有人说"十年里坑坑洼洼也受了不少感情的伤啊"，说得好像世上存在一种婚姻是没有坑坑洼洼似的。

看似再完美的夫妻，结了婚关上门都是有遗憾和烦恼的，只不过有人善于经营，有人愿意忍受，有人力图完美，有人顺其自然，有人敢于结束。

人生若只如初见，就不会有人离婚。

当代婚姻的合与分已经不像二三十年前那样非要耗掉半条命才能满足众人的好奇心，如今我们真没必要为一个女人的离婚而伤春悲秋，人家离婚的背后纵然有过伤心难过，但总比那些仍在持续伤心难过的人舒服多了。以后，人家至少有了白松露和美酒，多了无限的自由，少了困扰和糟心。刨一万多的白松露摆在面前，普通人想的可能是"白松露的味道是介于大蒜和帕尔玛奶酪之间的尴尬之地，贵而无聊"，而人家离异单身女性可能想的是"我明天是先请教律师怎么谈，还是直接祝福他找到更好的新女朋友"……这就是富人离婚和普通人离婚的区别。

金钱和才能买不到好的婚姻，但可以买到离婚时的洒脱和淡定。

比起看到一个姐妹结婚时幸福到掉泪的感动，我们更希望看到她选择离婚时没有后顾之忧的从容，这比什么都更有安全感。女人有事业的时候，一切都显得没想象中那么糟了。

归根结底，人的一生可能终究以孤单收尾，能陪伴自己到最后并使我们持续快乐的，也许不一定是现在的枕边人，更有可能是做任何决定不眨眼的底气。这就是为什么一个理性的女人既不会劝你结婚，也不会劝你离婚，但一定会劝你努力赚钱并让自己变得更好。

有些狠人，离婚没多久又走进第二段婚姻，她们可真是勇敢的人。

毕竟结过婚的人都知道，爱情、激情、婚姻，是不同维度的东西。离了婚的女人还愿意把前两个维度延伸到第三个维度，那是勇士，换句话说，前两个维度又快没了，但人家不关心。

婚姻这个东西快变成"勇敢者的游戏"了。

有一次我外出工作，碰到合作方的一位男性领导，他见到我就激动地说："十三姐，两个月前我看了你的一场关于婚姻话题的直播，看完后吓得我不敢结婚。婚姻里充满了对人性的考验，还有不可预知的各种挑战，结婚简直是最反人类的行为啊！"

好家伙，听完之后我也吓得不敢结婚了……哦，不好意思，我已经结婚了。

婚姻真的有那么可怕吗？

答案完全取决于你的婚姻观。作为一个已婚十多年的"老戏骨"，我可以负责任地告诉你：如果你对"成功的婚姻"有一种执念，那我劝你还是算了，世上不存在所谓"成功的婚姻"。

这就像做人一样，你能保证自己的人生是成功的人生吗？不能，你只能尽量让自己活着。为了活着，你想尽一切办法克服障碍，提升自我感受和价值。婚姻也一样。

一旦想通了这一点，就不会觉得婚姻有什么可怕的了。婚姻就和"吃饭、睡觉、打豆豆"一样，都是活着的一种动态呈现，没什么好怕的。

我发现其实很多人对婚姻又向往又害怕，又想搞懂到底什么才是让婚姻成功的秘诀。

要是我知道成功秘诀，我肯定就会开个课，全国开分校，上课前先集体喊口号的那种，下沉式打通婚姻中的痛点，气势搞大，忽悠一个算一个。

可惜我不知道。

但是，关于"婚姻的纽带到底是什么"，我专门做过一个问卷调查，可以多选，也可以单选。得到的结论是这样的：

选择"孩子"的占 64.86%；选择"经济基础"的占 62.22%；选择"爱情"的占 40.96%；其余的如"人道主义"，甚至"保姆与家电""作业与补习班"等，占了 17.09%。

这个排序出来后，很多人反应强烈，大致分为两派。

第一派：为什么爱情排这么后面？！

第二派：为什么爱情能上榜？！

相信爱情的和不相信爱情的两拨人，在不同战线上坚守着自己的堡垒。

已婚多年尤其是有孩子的资深投票者告诉我们：婚姻的纽带能

让爱情上榜纯属给个面子，属于传播正能量。

排名第一的是"孩子"，毫无争议。

"孩子是爱情的结晶，是婚姻的纽带"，这话我们耳熟能详了。

以前以为"有了孩子之后两人更恩爱了"，现在发现是"有了孩子之后太不方便离婚了"。

孩子小：不能离婚！孩子需要亲爹妈！

孩子上学：不能离婚！孩子正在建立三观！

孩子工作了：算了，会影响孩子找对象！

孩子结婚了：不行，会让亲家看笑话！

孩子让婚姻中的两个人成了利益共同体，合伙机制也产生了不易瓜分的共有财产，而且可能是回报率最高的财产。

于是，就像知道了圣诞礼物都不是圣诞老人送的一样，我顺理成章地知道了一些童话故事背后的真相。也不用谁来讲解，只是因为自己成熟了——

孩子是不是爱情的结晶不知道，我们只能保证孩子是精子和卵子的结晶；孩子是不是婚姻的纽带不知道，我们只能确定他一定是离婚的阻碍。

排名第二的是"经济基础"，婚姻里的"经济"不仅是指"有钱没钱"，还包含"经济是否独立"。

爱情存在的时候是不需要吃大餐的，喝水就饱，路边摊麻辣烫方便面足矣。

但婚姻里就不同了，你们吃两顿路边摊麻辣烫，总有一方会看到谁谁谁夫妻俩在酒店吃着自助餐。你们带娃逛两年免费的公园，总有一方想学谁谁谁家的孩子报轮滑班游泳班篮球班。你们在不要门票的公园遛两次弯，总有一方会眼馋别人家的奢华民宿和海岛游。

爱情是用来自我陶醉和享受的，可婚姻是用来公开展示和挣面子的。

经济实力能解决婚内95%的问题，剩下的5%也可以靠金钱缓解。比如花点钱请个比较靠谱的保姆，那么夫妻俩一年能少吵几十场架，生活能和谐几百倍。

当然，"爱情"的票数并不低。排第三的就是"爱情"。

我一个朋友告诉我，她和老公在结婚前装的 Wi-Fi，密码是他们俩昵称的合体。十年过去了，前几天家里修宽带，她老公说："这个密码好恶心啊……"那时她便感觉：爱情真是个笑话啊。

有人说，我选了爱情，大概是因为，想离婚时偶尔会想起当初毕竟是因为爱情才走入婚姻的。强迫自己想想当初那个人也是很可爱的，反过来想想，换个人时间长了也好不到哪儿去，于是维系了婚姻。

"道德与法律"在婚姻里也是个重要的存在。

一个朋友说："法律要是不拦着，我可能早就抢菜刀了。"

道德也起到重要作用，如果道德底线低一些，很多人的婚姻会加速破裂。电影《婚姻故事》里有段经典的吵架说得很明白，男的说："我明明可以和无数个女人缠绵悱恻的，就因为和你结婚了，我失去了那些快乐。"如果他没失去那些快乐，他肯定会更早失去婚姻。

道德还包括担当和包容，婚姻里的责任心其实没有什么外人来监督，全靠自觉。如果你道德水准在及格线之上，至少不会见死不救。

排名第五的是"人道主义"。

其实婚姻里的人道主义无处不在。之前我常想，明明横竖看不惯对方，甚至正在生气，为啥做饭的时候还是没忘了给对方盛一碗呢？

答案是：好兄弟，讲义气。

在婚姻里我们可以为各种琐事争吵，可以因为不同的三观而不喜欢对方，但当我们一触及生存状态和彼此的关系，又不免要从最基本的人性角度去考虑，这就是人的善良吧。

长期的婚姻生活早就磨平了各种形而上的意识，取而代之的是潜意识里的"互相支撑"。

人道主义精神还包含很多，有无奈，有同情，有包容，有退让，也有利益的掺杂。上一代的好多女人都爱这样说："要不是我，谁跟你过啊？"这样说显得姿态高一点，良心和面子都过得去。其实对很多男人来说也一样。

真正伟大的大义，早就融在了柴米油盐里。

还有其他少量票投给了"作业与补习班"和"保姆与家电"。

前者是在辅导孩子写作业和接送孩子上补习班的强关联体系内促进夫妻关系，保持婚姻不被撕裂的；后者是在有后勤保障的基础上，被家务琐事和鸡毛蒜皮缠绕的恩恩怨怨渐退，从而为婚姻减负的。

有人说："当初结婚的时候没弄清楚，反正现在只剩下孩子和补习班。"

感觉婚姻里有面包和奥数题就够了，其他的都是锦上添花。

"要是孩子爸爸天天下班后把娃的作业和辅导都整完，那他就老爱我了。"

"要是我老公能把所有家务都包了，甚至可以请个保姆处理一切，那我觉得我也没什么好跟他吵的了。"

所以，每个人对婚姻的要求其实都不是很高，即使这样，也很少有人对自己的婚姻满意，总能挑出这样那样的毛病，但总是无伤大雅，能说出来的都属于矫情。

其实对婚姻的理解，一百个人有一百零一种解读，大部分人觉得首先得有比较平衡的经济基础免去贫贱夫妻百事哀的问题；其次呢，有个孩子，给离婚设置障碍；再次呢，守住道德底线，让日子变得简单一些，再抱着人道主义精神让双方过得精彩一些；最后，摸爬滚打的战友情让人留恋，婚姻真正变得结实了。

婚姻，看起来是两个人相处，其实更重要的是跟自己相处。

拿我来说，我觉得大家在能接受的范围内尽量让步，但其实改变双方的观念确实没意义，哪怕企图沟通，最后也会变成彼此的批斗会。所以，婚姻更像是合伙完成一些事，而另一些事最好看淡，带好娃，各自尽量注意好自己的身体，这些是关键。

婚姻也有点像开公司，不同部门各自为营，谁管谁多了都有点嫌烦，但是必须加点"企业文化"，否则也不像个好公司。

比如我们家的"企业文化"是：家庭地位取决于智商与情商之和。这一原则让我们在各种分歧面前都迅速有了解决方案的优化排序。十三姐夫虽然智商还行，但情商为负数，于是总分落后，排名第四。有了这种文化架构支撑，很多事都好办多了。

只有"企业文化"搞得好，每个"员工"才能混得好。

殊途同归

有个朋友给我看了某位"女权主义领袖"的演讲，这位"领袖"说"女性保护自己的最简单方式就是不婚"，她还说："离婚创伤给女人带来的打击远大于男人，为了远离这种创伤，女性最好的武器就是单身。"

看完这个演讲，我朋友说："听着感觉是在胡扯，但又好像有点道理的样子，是怎么回事？"

我也细品了一下，我发现这应该不是有道理，而是胡扯得很巧妙。女性还容易遭遇职场 PUA 呢，所以女人最好的武器就是不要上班？女性走在马路上被撞死的概率比不出门高 50%，所以女人最好的武器就是别出门？女性在面对可能会遭遇的创伤时，最好的武器应该是自我强大及成长的能力，而不是因为怕离婚就一定要单身，那你怕死为什么还要活着，早点摆个优雅的姿势直接去世多好。

我把这个视频给十三姐夫看，问他作何感想，他说："其实挺好的，这样的女人最好别结婚，她不结婚对男性来说也是一种福音。"

我感觉十三姐夫和这位"女权领袖"是很登对的哲学家，可以在意念层面过招三千个回合，他俩要是早认识十五年，估计十三姐夫得娶了她来证明对方输了。

当然，这位"领袖"的言论中有一点我还是认同的——离婚创伤对女人的伤害比男人更大一些。但这里有一个关键问题：女性离婚后不一定只有创伤，也许更多的是摆脱了不幸福婚姻的枷锁后获得的快乐啊。一个强大的女性，即使在婚姻里也能活出单身的洒脱，更别说在离婚后了。

韩国有一个挺火的综艺叫《我们离婚了》，其中有个女人说离婚原因是"丈夫不在乎、不尊重我，感觉自己没有存在感"，参加这个节目时，节目组把她和前夫关到一块同居三天，目的是彼此反思婚姻。这期间，前夫每天叫来朋友一起吃喝玩乐，对她依然没有半点在乎和尊重。想必这位女性最后的一点对婚姻的所谓"反思"也破灭了，既然已经离婚了，就不会有什么反思，她很高兴看到丈夫还是那副德行，她离婚离对了，能不高兴吗？

节目中有位心理专家说，男人在离婚后，主要会觉得孤独，但比较容易恢复；而女人离婚后心里的低落感更严重，还会被贴上"人生失败"的标签，在偏见中生活，很难走出来。

其实每一位离了婚的女性，或多或少都会试图给人释放一种"终于解脱了"的快感，这种要强的心态挺辛苦的，有不少人承受着他人异样的眼光、非议、指点，内心压力很大。

据说华盛顿医科大学曾经做过一项研究，为人一生遭受的压力排序，排第一的是配偶的死亡，第二位是离婚，第七位是结婚，第九位是与配偶和解……也就是说，在人生压力排序的前十位中，有四个都与婚姻有关。

你看，要是没有婚姻，我们的压力会少很多，精神会健康很多。这一点我也深有体会，如果没结婚，我的情绪稳定性肯定不是现在这样；如果没孩子，我的精神正常程度也能保持在高水准。人生的种种压力，有很多来自婚姻，其余压力也可能会因为一段不给力的婚姻而加剧，那么人为什么要结婚？

说到这个，我又想起韩国另一个综艺叫《我们结婚了》，短短几年过去了，《我们结婚了》已经不复存在，《我们离婚了》成了爆款。这个爆款延伸出去还能再做一些系列节目：《我们复婚了》《我们又离婚了》《我们再婚了》《前夫／前妻和别人结婚了》……

总之，真是时代不同了，离婚已经是一种新常态，不但能成为茶余饭后的谈资，还能搬上屏幕成为普罗大众的精神案例。大家真的把离婚后的生态作为一个专业课题来研究了，以前屏幕里能打动人心的都是求婚场面，现在屏幕里让你哭让你笑的还有离婚。冷静地看待离婚这件事，把它提升到和结婚一样的重要程度，这是进步。

女人从"单身"到"回归单身"，这中间仿佛历劫，把单身过得好的女人很精彩，把"回归单身"也过得好的才叫真本事。

"离婚"这个词只有人类使用，地球上的其他所有生物都没这一说。这说明人类是最做作的，事多，发明了结婚，还要发明离婚，呵呵。

以这个逻辑来推论，就不难发现，离婚率可能和主观因素的关系更大一点。这倒不是泛指所有离婚的人都是没事找事，但喜欢没事找事的人肯定更容易离婚。就像我们这些经历过十年婚姻的女人，都有过一段喜欢没事找事的阶段，一天有三百多次怀疑嫁错了人，五百多回想离家出走。但过了那个阶段，我们懒得想这些事了，婚姻反而稳固了。

我看过一个视频，一个年轻、朴素的少数民族妈妈被问到关于"爱情"和"婚姻"的问题。有人问她："你能接受没有爱情的婚姻吗？"

她说："我们一直是可以接受的。"

又问："结婚的话会先谈恋爱吗？"

她说："不谈恋爱。"

"那是怎么认识的呢？"

"都是相亲后没几天就结婚了。"

"结完婚之后你觉得有爱情吗？"

"没有。"

回答得很坚定，说完她还露出纯真甜美的微笑，一张没有被岁月摩擦过的脸，一个没有被社会腐蚀过的表情，眼角还流露着与世无争的洒脱。背上的小娃娃岁月静好地成长着，他可能这辈子也不会知道自己的爸爸和妈妈根本没有爱情，他们在一起就是为了繁殖出自己……

这样的人其实大有人在，你可以说她们思想陈旧、封建、落后和不幸，但在说人家之前，各位可以先摸着自己的六层肚腩扪心自问一下："咦，难道我有比她好到哪儿去？"很多女人和她唯一的区别就是谈过恋爱，期待过婚姻。

到头来，殊途同归，有时候还真不如像她一样从来不期待什么爱情，觉得婚姻就是搭伙过日子、生孩子，哎哟，还不错啊！

所以，对婚姻没什么期待的人，不但离婚率低，而且心情还挺好，婚内婚外都当自己单身，配偶的贡献是献爱心，男人每一次上完厕所刷马桶都属于好人好事，女性的满意度能不提高吗？女性最好的武器并不是单身，而是无论当下什么状态，都能说服自己创造更好状态的能力，女性最优雅的生存状态不是一路都遇到幸福，而是一路不管遇到什么，都有充足的底气和强大的心态。

离婚和晕车一样，最难受的是想吐吐不出来。所以，没能把自己随时随地活出单身的节奏，就很容易晕车；坚持做到别被生活蹂躏成自己不喜欢的样子，这是最好的武器。

婚姻里的体面

有的人在立"婚姻大师"人设，传授诸如"三十六招打造成功婚姻"的技能，收费还不低。我劝各位别去当"韭菜"，有空不如去学"如何实现月入 10 万"，成功概率还能高一点。

什么叫"成功婚姻"？地球上可能还不存在可以给出标准答案的人。但如果你问"如何搞砸一场婚姻"，几乎每个人都能给你出出主意。结过婚的人基本都知道：完美婚姻，都是放屁。

但假如调整一下阈值，你会发现"成功婚姻"其实又很容易，比如"还没离婚就是成功"，这是美剧版《婚姻生活》中一位研究婚姻的学者在给一对结婚十年的夫妻做采访调研的时候，下的第一条结论。

很明显，在外人看来，一对结婚十年以上还没离婚的夫妻就算是拥有了"成功婚姻"。如果再加上他俩能和平对话，面对外界时能和睦相处，有稳定工作并有子女，那就算是"模范夫妻"了。这么一想，我们很多人都很成功，可真把人牛坏了……毕竟根据剧中呈现的数据，美国人的平均婚姻年限只有 8.2 年。

但婚姻到底是什么样的，只有当事人自己心里有数。无数婚姻都是金玉其外，很多夫妻的"默契"仅剩"在外人面前表现得默契"了，"模范夫妻，全靠演技"。大多数人都是不知不觉中假装了成功，而且装得连自己都信了。

如果你看过英格玛·伯格曼的电影版《婚姻生活》，会感觉那像是一部"恐怖片"，该片揭露了婚姻的不可理解——没结婚的人看了不敢结婚，结了婚的人看完想离婚，离了婚的人看完想复婚。而被翻拍成美剧的《婚姻生活》更像是"哲学片"，让你开始思考：我是谁？我为什么结婚？婚姻到底会变成什么样……你最终会明白，"假装没问题"是大部分人对待婚姻的鸵鸟对策，因为他们害怕解决一个问题会带来更大的问题，所以，很多我们肉眼看到的"成功婚姻"，背后可能也是一地鸡毛。这么想想，是不是忽然心情好多了？

很多人觉得自己的婚姻不怎么样，这是通过和别人对比得出的结论，但实际上，这样的结论很不准确，毕竟在朋友圈里秀的恩爱或逢年过节爱向众人展示的"恩爱"，更大意义上是在展示"还没离，还没换"，外人却愿意理解成"真是成功婚姻"。就像美剧版《婚姻生活》里主角的婚姻，在外人看来到底有多么成功呢？

首先，他们都是很想照顾对方情绪的人——按说这样的婚姻应该很好经营了吧。其次，事业型女主（赚钱比老公多）和顾家型男主的组合，孩子也是爸爸带得多——按说这样应该很和谐了吧。

但婚姻这玩意儿，还真是从没让人失望过——它一定会实现"无论怎么做都能出现问题"。

就比如女人突然发现怀了二胎，夫妻俩你来我往打太极一样地让对方决定"要还是不要"，看起来是教科书级懂得礼让的夫妻关系……然而，最后这个二胎的去留竟然成了劈腿和离婚的导火索。就像一个人很想咳嗽却努力憋了十年，总会有憋不住的一天。

在老版《婚姻生活》里，老公宣布"我爱上了别人，明天早上我就要和她私奔"时，老婆还温柔地问老公："你行李准备好了吗？要我帮忙吗？"老公说："你别总是这么絮絮叨叨。"然后两人相拥而眠，第二天老公就私奔了……（多么狗血的剧情）

而在新版美剧《婚姻生活》里，老婆说"我爱上了别人，明天我就要跟他去以色列"，男的沉默不语，帮老婆细心地整理好行李箱里的衣服，二人依依不舍地相拥而眠，第二天老婆就私奔了……（比狗血更狗血）

他们想表达的就是："我很爱你，但是我不想和你一起生活了，这不是我想要的生活。"这就是在强调："婚姻和爱情压根没法共存……"这可不行，不符合核心价值观。仔细一想，他们可能潜移默化中受到了"新潮思想"的影响，因为他们有一对正在践行着"开放式关系"的好朋友。

啥叫"开放式关系"？A 和 B 是一对情侣（或夫妻），但他们彼此允许和接纳对方有另外的情人。就像《婚姻生活》里的另一对夫妇：

这一对夫妻有一次吵架是因为妻子和二号男友分手后伤心欲绝，但丈夫没有表示安慰甚至还对妻子生气，妻子就非常不服，她说："你怎么这么小气，当初说好了的，再说我也陪你度过了你的亚拉娜还有葛瑞斯那两段，你为什么不陪我度过我和强纳森的悲伤分手……"

真是让人叹为观止，这是在冲击一夫一妻制度。这看似不现实的行为说不定在未来真的会成为现实，谁知道呢？但打破一夫一妻制，婚姻就能更好吗？他们就是个反面教材，其实就像大部分婚姻一样，人的关系不知道会在哪里出现问题，反正最后就是不舒服。这对"开放式"的男女配角的失败关系，本身就是一门哲学——不管是不是一夫一妻，难道婚姻都是反人性的吗？

婚姻里有各种不确定性，哪儿来的成功标配？就像美剧版《婚姻生活》中那位女主一样也可能出轨，说走就走；男人也可能有抓狂期、抑郁期、平静期、适应期，之后独自照顾下一代。好笑的是，后来女主跟她的小情人也过不下去了，毕竟激情都会过去，回归家庭生活后两人照样会有各种问题，这再一次证明：婚姻是爱情的坟墓。再然后，他俩反反复复保持着某种暧昧关系，已经说不清属于什么感情了，但还是会像过去一样，说吵就吵，说好就好，藕断丝连，但就是不可能再在一起……

真实的婚姻其实就是这样，很平静，但随时能变得戏剧性起来。

有人说，婚姻的问题都是沟通的问题。但也不全是这样，你看剧中这一对主角夫妻，他俩无话不说，也很注意考虑对方的感受，结果呢……所以，婚姻的问题其实是精神不同频的问题。有时语言也可以伪装，但精神无法作假。太过大条或事无巨细都会给对方带来困扰，而对彼此的不满和疏离积累到一定程度就会无限压抑。时间一长，压抑就流于表面，择机爆发。

很多人的婚姻看起来根本没有什么大问题，但就是过得不舒服。

大部分人在婚姻里只能顺应社会性，淡化自己的感受，所以，有不少人在一长段人生中都是憋屈的，有一些会选择在孩子长大成人后离婚，尤其是女性，她们的口号是"高考结束就离婚"……如果把婚姻当作一份工作，离婚就是退休，放下责任约束，出去逗鸟遛狗。

但只要一天没退休，一天就得想着如何才能像别人一样争取顺利工作，一生不必退休。尽管我们都知道，有很多一生都没退休的婚姻不见得是婚姻有多成功，而是夫妻双方为了维持体面的表象做出了努力，假装成功，入戏颇深。能装一辈子，也就算成功了。

婚姻的意义

很多人整天追问"结婚有什么意义"，我觉得好无聊啊，结婚没什么意义。人生有什么意义啊？活着有什么意义啊？说白了都是一团细胞组合起来被赋予不同的基因在世间溜达，凡事都是这团细胞吃饱了撑的找点事干，归根结底，大家都是来体验一下世间苦难最后化为灰烬的。

我作为一个女人都特别讨厌有些女孩一天到晚警告别的女孩"你不应该结婚"或"你应该怎样怎样"，怎么，你是天帝还是王母娘娘啊？

让别人自己选就好了嘛，反正大概率不管怎么选，未来都会后悔或感到遗憾……大家都只活一辈子，干吗听你的?!

现在网上有不少人引导大家去憧憬"不要男人不要孩子"的所谓"独立潇洒生活"，我不知道她们从何而来这种自信。这么说吧，在中国，有能力独立把日子过舒服的女性比例真的不高。注意，我说的是"过舒服"，不仅仅是"还活着"。

真正独立的女性离开谁都能好好活，一点问题都没有，我自认为自己也是如此。只要家底牢靠、财富自由、思想独立，生活能力也在多数人之上，就可以毫无负担地实现独立生活。但即便如此，我仍觉得有个自己的家和属于自己的孩子挺不错的，哪怕糟粕不少，但这就是我的选择。这正是独立女性该有的独立做派。

有问题的是非黑即白的人对"家庭"的概念异常模糊，对"独立"的扭曲解读也算是这个时代的一种污点。

好，如果非要谈谈"婚姻的意义"，我觉得就是"家的意义"吧。中国孩子向来很少被进行"爱的教育"，大多数只有"考个高分"的教育，"家庭"概念其实是很懵懂的。结婚就是为自己创造一个家，这个理论非常直白，但鲜有人谈及。

不过说再多理论都没用，生活就是这样的，越简单越真实。我看过一部英国电影，叫《伦敦一家人》，把恋爱、结婚、养育子女，经历婚姻生活的种种困境与幸福的普通人的真实生活基本说清楚了。还有，解答了那个终极哲学问题：婚姻的意义是什么。

这部看起来如流水账一样的电影跟我们的真实生活很接近，平铺直叙，但是后劲很大。简单、朴素、有悲有喜、有苦有甜，三餐四季，暮雪白头……就跟我们每个普通人一样，不算太富有，也不算出众，没有什么高贵的职业，孩子也不太省心，日子过得不轻松，还碰上了社会动荡，需要东躲西藏，有起伏、有困苦、有生死抉择……大环境挺糟糕的时候，我们需要一些依靠，这也许就是有个丈夫、有个孩子、有个家的意义。

乐观、阳光、充满善意、坚韧、情绪稳定、勤劳、懂得共情，这些是拥有一段美好婚姻的必需品。如果我是这样的人，另一半也是这样的人，那走进婚姻很大概率是会比单身的生活更好的，因为在喜悦的时候有人分享，在痛苦的时候有人依靠，在困境里有人陪你一起度过，还有念想、有希望……不过，如果另一半不是这样的人，婚姻还会幸福吗？

可能人人都觉得自己是很不错的，但害怕找不到很不错的另一半，所以不敢结婚。

我一点都不想让下一代开始唾弃普通但可能会幸福的生活方式，而片面地、被怂恿着去选择所谓符合当下思潮的方式。我们当年缺少这种辩证的独立思考，认为到了一定年纪就该考虑婚恋；但现在有些人同样缺少这种思考，认为一定不能考虑婚恋，否则是自讨苦吃。

其实大家都不要互相劝来劝去，区区肉身，短短一生，没必要被那么多框架和理论支配，互不干涉才是最好的时代。

有姑娘问"结婚的好处是什么"，这个问题根本没法回答，我可以说出一万种不好，但很难说出一个可以服众的好处，但这并不表示结婚没有好处，因为有些好处就像散落的光，你如何把它们聚集起来全盘托出呢？

我更希望的是每个人能理解一件事：平淡和苦难是生活的底色，爱和温暖是对其进行的美化，普通人也可以有能力在底色里通过自身的价值观、修养、自我提升和努力进取去获得更多爱和幸福。在这个前提下，对的婚姻是我们在宇宙洪荒里的靠山，不是压垮我们的大山。

婚姻生活更大的意义不是去追求最大值，而是关注最小值。最大值是在你体会到幸福的时候让你更幸福，而最小值是在你迷茫痛苦的时候给你托个底。

03

纽约芝士还是巧克力千层?

真实的婚姻其实就是这样，很平静，但随时能变得戏剧性起来。

好爸爸：优质婚姻核心

有一位已婚已育的男歌手在参加一档真人秀节目时说自己当全职爸爸后抑郁了一年多，看了一堆教育的书，那段时间有点崩溃，总是想哭。

好家伙，这可惹得无数迷妹心泛涟漪，产生了无尽悲悯，主要是因为他长得帅，他的父爱背后居然曾经隐藏着深深的崩溃，可太让人心疼了。更重要的是他用实际行动向男性朋友证明了一些重要的事：

1. 原来不是只有女人才有产后抑郁啊！

2. 原来带娃抑郁不是女人"太矫情"或"太做作"啊！

3. 原来谁带娃谁容易抑郁啊！

所以，女性观众喜欢他是各种原因混在一起的：一是人家确实当了全职爸爸，对家庭和孩子很上心，强过了大多数云配偶；二是他给了那些不把抑郁当回事的人狠狠一巴掌——别再说女人事多了。

但看着网友们的评论，我又陷入了思考。网友们说："真棒，为了家庭放弃事业，是个好爸爸好老公。"

全职爸爸带娃带得抑郁、崩溃，为了家庭放弃事业，就会被评价为"遇上他此生无憾""是个好爸爸好老公"。这固然没错，不过我好像从来没听过当全职妈妈抑郁了崩溃了的时候，为了带娃放弃工作的时候，有人说"遇上这样的老婆此生无憾""真是个好妈妈好妻子"……

社会对妈妈和爸爸的分工其实还是有根源上的不同的，虽然嘴上都倡导着"父母双方应该承担相同的责任"，但实际上，当双方真的承担了相同的责任时，爸爸很容易被戴上大红花，妈妈却习惯性被告知："当妈的就这样，我们不都是这么过来的吗……"

我一个朋友给我讲了一件事。她儿子是市级游泳队的，几乎每天放学后都要父母轮流接送他练游泳。有一次妈妈去接的时候，门口很多奶奶和阿姨对她说："你可真有福气，你看你老公多好，对孩子很上心，经常来接送孩子。"我这个朋友就反问那些奶奶和阿姨："我和他来的次数差不多对半分，他来接儿子的时候，你们有没有对他说过：'你可真有福气，你看你老婆多好，对孩子很上心，经常来接送孩子？'"

所以说，这个社会对"男女分工"其实还是有潜意识的。当爸爸们做了哪怕只有妈妈们做的五分之一的事情时，都可能会得到五倍的关注和夸赞。话说回来，就算爸爸们真的只做了妈妈们的五分之一，我们应该去夸爸爸吗？应该，非常应该。我们就应该全方位把这些爸爸的事迹发扬光大，支持社会各界夸爸爸们做得多做得好。只要他们做了，就夸，可劲地夸，不留余地地夸，夸上天。

男人，在家庭和育儿上的天然悟性确实是低于女人的，正因为如此，爸爸进入角色和主动挑担子的意识就比较薄弱，但是我也看到很多爸爸在教育孩子的第一线上，妈妈倒是很少露面。可见，不存在什么"会不会"，只有"肯不肯"。

而且，当代爸爸有很多已经在慢慢进步了。但是，这少数爸爸做得比妈妈多，如果社会不给他们全面的肯定和鼓励，他们在主流社会里就没有身份认同感啊！妈妈扎堆的地方，一个爸爸混在里面，他自己都不好意思；学校有啥活动，一个爸爸和无数个妈妈一起参加，他下次可能就犯怵了；其他爸爸甚至可能会觉得："你一个大男人整天围着孩子和灶台转，真没出息。"

所以，女人不能一边抱怨"爸爸不带孩子"，一边又不断磨灭带娃爸爸的激情。对这类爸爸，大家就应该"群起而夸之"，为"积极带孩子"和"跟老婆付出同等精力用于家庭生活"的男人唱赞歌，让他们兴奋起来，骄傲起来，干了一次还想干第二次……只有当这种真正的正能量占据了上风，才能让每家每户的爸爸逐渐意识到："我不多承担责任好像有点没面子啊，会被兄弟们瞧不起啊。"

俗话说"陪伴是最长情的告白"。按照这一标准，有了孩子之后才是每个人告白的高峰，可能从生娃直到孩子成年，我们告白的次数怕是绕地球七周半也绕不完。

不是我们天生就擅长陪伴，只是这种陪伴很多时候来得不由自主，躲也躲不掉。只不过，妈妈陪伴孩子和爸爸陪伴孩子的形式和方法真的不太一样。主要区别就在于：妈妈陪娃是显性的，具象的，持久的；爸爸陪娃是隐性的，大条的，想一出是一出的。如果妈妈的陪伴如同日月星辰，可做参照物，那爸爸的陪伴就是天边那朵云，来去无影踪。

这也不能怪爸爸们，因为他们大多数时间可能在：1.上班忙；2.要出差；3.加班多；4."我先上个厕所"……所以，"今天谁带娃"成了很多家庭里明争暗斗的一大主题。尤其在孩子放假时，一日三餐、吃饱穿暖、检查作业、辅导功课、安排补习、练习乐器、体育锻炼、课外阅读、娱乐项目、预防近视、杜绝肥胖、抵制慵懒……一想到这些，我的第一反应就是"让爸爸去做，他得锻炼锻炼"，爸爸的第一反应是"妈妈做得好，还是妈妈来做吧"。如同踢皮球一样，进入斗智斗勇里，就像村里的老太太一样，表面客客气气地推推搡搡，内心恨不得甩手就跑。陪娃这项超级牵扯精力又不可推卸的任务，在父母之间形成了一道易守难攻的堡垒，"今天谁陪娃"成了展示夫妻默契程度、体现真爱的方式。

每次寒暑假之前，妈妈团都会组织一次恳谈会，倾诉假期里的如履薄冰、紧锣密鼓，不但要严丝合缝地规划孩子的日程安排，还要见缝插针地履行好当妈的责任，生怕缺席了某个章节，在陪伴的军功章里少了重要的一环。于是大家开始分享如何有计划、有步骤、有方法地合理利用一切资源，来帮助自己带娃。

首先就是从孩子他爹入手。一个朋友说她给老公发了一份假期任务清单，内容如下：1.每天早上不得晚于7:30起床，并叫醒孩子，陪孩子出门跑步锻炼。2.工作日每日上午、中午、下午三次与孩子沟通交流，叮嘱安全事项，监督执行效果。3.避免一切无意义的低效活动，如加班、应酬、聚餐，下班第一时间回家，进入父亲角色。4. 晚上要安排丰富且有意义的亲子项目，如亲子共读、亲子游戏、亲子聊天、亲子家务劳动、亲子手工等，严禁自己捧着手机玩，严禁进入厕所超过十五分钟。5. 有问题自己解决，别问妈妈。

后来我问她："你老公执行得如何了？""别提了，才执行了一天，孩子他爹就累得感冒了，干脆卧床不起……"可以想象，爸爸们的陪伴有时来得声势浩大，但最后很可能只是虚晃一枪。而妈妈们的陪伴可是实打实的，不光要把孩子的时间安排得满满当当，自己也要跟着马不停蹄，有的连网课都要陪着上，作业也要陪着做，不会做的题还要帮着讲，同时不能怠于管理自身建设和成长。据说妈妈的一天也只有 24 小时，真的吗？我不信……

这个时候，如果爸爸跳出来说一句"今天我来安排孩子学习吧"，那便是爱情回来了。嗯，没错，当代妻子不需要鲜花、项链、巧克力，也不稀罕红酒、咖啡、烛光晚餐，只要老公能陪娃，那就是最伟大的爱。

不过陪孩子学习这事可真不容易，有一次我给我家孩子爸爸布置了这项任务：这个假期，多在家陪孩子学习。他一口答应了下来，拍着胸脯说："包在我身上，我小名就叫弯道超车！"第二天让他去给娃检查数学作业，他跑进去把门一关，滔滔不绝，过了半小时我一开门，只见他正慷慨激昂地介绍着古罗马斗兽场。"你不是画辅助线吗？怎么跑到斗兽场去了？""哎，你不懂，学习讲究的是发散性思维……"这时儿子发话了："爸爸这道题不会做，然后就开始讲古罗马的故事了。"

前两年我看过一个很振奋人心的学习资料，标题叫《关于进一步加强家庭家教家风建设的实施意见》，其中有一句话我觉得特别棒——男同志在家里不能当"大爷"。

看到没有，男人在家是一种什么样的姿态，已经上升到了"家教家风"的高度——不参与家务，就是没家教；不管孩子，就是没家风。连家教家风都不行的男人，堪称输在了起跑线上。一个男人优秀不优秀，先从家教家风看起。

"不当'大爷'"的含义，其中就包括既不要在"丈夫"和"爸爸"的角色中带有太多的偶像包袱，也不要在该承担责任的时候瞻前顾后，必须从头学习怎么当老公、当爸爸，时刻默念："我是亲爹啊，我是在抚养自己的 DNA 啊，必须全力以赴啊，不能像给人帮忙似的啊！"

当然，不得不承认，这个时代真的已经在越变越好，尤其是生活在上海的我们，时常能看到一些主动挑起带娃重任的爸爸。别的不说，我儿子从小到大，从幼儿园到中学，学校家委会（全称为家庭委员会）的主力一半以上是爸爸，谈起辅导孩子的细节，爸爸大多都能侃侃而谈。

有很多爸爸，已经越来越像妈妈了……

他们在家不但不当"大爷"，还当起了"大妈"，絮絮叨叨，没完没了，我们女人说什么了吗？没有，因为我们更包容，更理解"带孩子带多了没有不絮叨的"。

真是应了那句话："时代不同了，男女都一样。"一边是女人更像男人，一个个都进化成了"硬核"爷们儿；另一边是男人更像女人，逐渐有了慈母般的生活惯性。

在婚姻和育儿的领域里，如果只有女人越来越男性化，又当爹又当妈，那是家风家教的倒退，是社会的倒退，是物种的倒退。而当你出现"爸爸越来越像妈妈"的感觉，那才应该算得上一种最深沉的表白。如果少了这种表白，生二胎都难，更别说生三胎了。

由此可以得出结论：只有当男同志的家风家教达标了，生育率才有可能真的提高。

韩国推出过一部神奇的《孕妇指南》，乍一看这名字，我还以为是科普类视频教程，看了一眼内容，发现差不多就是一套"女德行为规范"吧！《孕妇指南》里的内容，总结下来大致就是在教育孕妇——你生孩子没关系，但别影响你老公正常生活，也别耽误了自己照顾老公和家庭。这个指南给准备生娃的孕妇提供了一些细节指导，比如：要在即将分娩住院之前为丈夫准备好饭菜吃喝，还贴心地给出了具体细节——扔掉放了很久的食物，提前准备三四道小菜作为丈夫的食物，准备好速食咖喱，这样不擅长料理的丈夫可以方便食用。如果不看出处，光看这一小段，还以为是出自《如何照料半身不遂的病人》。

还有更多细节指导，如为家里人准备三到七天的换洗衣物：准备好住院期间丈夫和孩子们换洗的内衣、袜子、衬衫等。又如确认生活必需品剩余量：去医院之前记得检查一下生活必需品的剩余量，不要让家人感到不便……

嗯……怎么说呢，很多女人其实就是这么做的。别说孕妇了，就连我这样的普通老母亲，出差之前也会尽量把能安排的安排一些。但是！这是我自己的模式，是按照我的生活习惯，我想怎么做都没问题，然而没有人可以来要求我这么做。打个比方，我可以在婚后随时决定生个孩子，但如果有个什么指南冒出来教育女性"结婚后必须立刻生个孩子"，那我可就不乐意了。

而且，"不让家人感到不便"真是一个极其巧妙的前提啊，所以生活的担子就应该由女性背负起来？否则不就让人感到不便了吗……这让我想起了日剧《坡道上的家》，剧中的水穗每天抱着孩子负重爬上高高的坡道，就像扛起生活的重压一样，为的是"不让家人感到不便"，那她的不便谁来解决？能写出这种语句来的人，估计还在叼着奶嘴满地找娘！一个孕妇要做好各种后勤保障和周全服务来保持"不让家人感到不便"，呵呵，你们还要亲自呼吸？太辛苦了。

这《孕妇指南》不是指导孕妇如何在孕产期保护和照顾自己，而是指导孕妇如何在孕产期保护和照顾老公。老公有手有脚的，也不用忍受怀孕和分娩之痛，他们只花三秒造出个人，造完了还恨不得继续像一尊佛像一样被供着。为何不给那些男人做个大饼，中间挖个洞套在脖子上？

中国女性看了这个震碎三观的指南之后，很快就陷入了思辨之中——"比起韩式植物人老公，我家的猪队友还有可取之处。"可惜啊，"植物人式配偶"在东亚父权社会文化里属于普遍现象，日韩尤甚，女性被当成男权社会里的附属品和生育工具。

在中国北上广这样的大城市里，已婚女性的地位真的非常高了。有人觉得不可思议，她们对韩国的美好印象来源于言情偶像剧和霸道总裁、深情男主……醒醒吧，霸道总裁这种人设，正好就是父权社会的核心，女人象征着弱小、无能、琐碎、受男人支配、被男性掌控，她们需要被塑造成傻白甜①和柔软的人设，才符合父权主流审美。

韩国人用美好的偶像剧来持续输送"奶嘴乐"，让广大女性少思考，多沉沦，甘当附属。其实不论在哪个国家，"植物人式配偶"都不少见。有些男人，在外面似乎很牛，呼风唤雨的样子，枪林弹雨都不怕的气势，一到家，就成了四肢无能的生活废物。不是他们真无能、真废物，而是家里有个可以任他调遣的免费"保姆"。那个"保姆"事无巨细、大包大揽，时间一长更没办法全身而退，只能继续付出，而享受的人则一直面不改色地继续享受。

不仅如此，很多自己完全不能帮上忙的"植物人式配偶"还要在言语上打击妻子，而他们根本不觉得自己说错了话。

电影《塔利》中的女主，带着两个孩子，自己又怀孕了。不堪家里家外重负的她，偶尔累到懒得做饭，丈夫一进门就会用抱怨的语气说："怎么给孩子吃外卖比萨?"说完他一如既往地上床打游戏去了。

她最后也出现了精神问题，分裂出了一个并不存在的保姆，每天用保姆来解救自己。那个一回家就什么都不做的丈夫，在剧终时终于能帮老婆洗个碗了。

生孩子、带孩子，这些细碎而不起眼的千百件小事叠加起来的生活，是最最磨人的。女人在这些琐事中不得不改变自己，适应现

---

① 傻白甜：网络用语。常指天真、单纯而缺乏智慧的人。

状，从身体到精神都经受着巨大的压力，但在很多婚姻里，这些都不会被丈夫看到。即使看到，他们的第一反应是"所有女人不都是这样的吗"。

谁都是第一次当父母，男人在生育这件事上没有任何痛苦，承受所有身体和精神压力的只有女人，尽管如此，还有一些男人认为女人生孩子就和老母鸡下蛋一样，大致思维不过以下几点：

1. 别人不都生了吗，怎么就你矫情？

2. 你生个孩子怎么了，还不都是我赚钱养你和孩子？

3. 我已经很辛苦了，你就不能体谅体谅我？

我可太好奇了，也想问问那些男人：

1. 别人是都生了，别人生的是你的孩子吗？

2. 你赚钱怎么了，不结婚不当爹你就可以不用赚钱了？

3. 世界上只有一种人不辛苦——死人。

然而，有好多"植物人式配偶"依然觉得自己是非常主流、非常正确、非常应该被尊重的。他们的特征是：

1. 觉得自己完全没问题；

2. 觉得自己已经比别的丈夫好一点了。

电影《82年生的金智英》在韩国上映期间进行网络评分时，女性打分9.50分，而男性的打分只有2.84分。

很多韩国男人还说："该电影是一群被害妄想症患者的狂欢，建议送她们去心理治疗室。"

可不是吗，金智英确实有精神问题，她确实需要治疗。

但问题不是谁需要治疗，而是金智英式主妇们的精神问题怎么来的，这才是根本问题吧！男女本不该是两拨被分裂的群体，至少在婚后的小家庭里，男女应该有着同等的责任和义务。我们不能说男性应该担起更多的担子，但现实情况是，往往女性担起的担子完全不比男性少。在这种前提下，凭什么男人还能理所当然地觉得某些事是女人必须干的？

猪队友尚且是个队友，至少能并肩作战，哪怕成了搅屎棍，起码也是一个战壕里的。而"植物人式配偶"就真的带有一种坐吃山空的优越感，往往很容易站到女人的对立面，让女性心灰意冷，甚至出现病态。

如果说婚姻中应该相互扶持，那么男性对女性的扶持在哪里？如果连怀孕生娃这等人生大事都不能得到老公的照顾和体恤，那要婚姻干吗？

植物人尚且懂得感恩，至少对照顾他的人不会指手画脚、挑三拣四；而那些主张女性把老公当婴儿来照顾的人，希望他们就算不懂感恩也要懂得一个道理：植物人寿命短。

副作用

有一天，我本来酝酿了一篇《浅谈爸爸在家庭教育中的作用》，然后有个朋友说："自打我在陪读过程中失手摔坏了儿子的平板电脑之后，我老公大手一挥，主动承担起了陪孩子学习的重担。从此，他时而捂着胸口咆哮，时而揪着头发沉默，时而热血沸腾深夜还捧着小学五年级的课本刻苦钻研，时而在陪儿子上网课时偷偷用口水打湿了笔记本……以前，他会在我骂孩子的时候指责我暴躁、幼稚、缺乏耐心；现在，他会在我把他和儿子都关在书房时埋怨我冷酷、无情、无理取闹……"

于是我就把题目改成了《浅谈爸爸在家庭教育中的副作用》。

从她的故事里，我们看到了质量守恒定律：一个家庭里的焦虑和暴躁以及不和谐关系是不会凭空消失的，假如娃的妈妈突然不焦虑不暴躁而且亲子关系融洽了，那么就代表娃的爸爸入坑并已经开始发挥作用了……但是要问"爸爸在家庭教育中的作用"，那么我可以负责任地告诉你，他的主要作用可能是副作用。

副作用一:"打游戏别被你妈发现"。

曾经我以为,云配偶会是家庭教育里的重要基石,再不济也是垫脚石吧。其实呢,他曾一度成了我在家庭教育上的拦路虎、蹿天猴、旅行的青蛙。需要他时,他就一心想去看看外面的世界……

而去外面的世界看看,至少我还能落个清净,可云配偶一落地,不是风就是雨。

有一次我晚上有点急事要加班,孩子爹难得一次自告奋勇接过看娃重任,我告诉他儿子还有三天就要期中考试了,他拍着胸脯说:"有我在,这次期中考试看来他要名列前茅了!"

一个多小时后我下楼一看,两人匍匐在没擦过的地板上,《超级玛丽》打得正欢,儿子时不时拍手叫好。孩子爹按住儿子说:"小点声,打游戏别被你妈发现。"

副作用二:"就没有我搞不砸的事"。

儿子已经上小学三年级了,云配偶还从没有认真研究过孩子的教科书。三年级时他无意中瞄到了娃的课本,就像发现了新大陆,一边翻一边找碴:"这插图谁画的?太丑了,这不影响孩子的审美吗……这个字念什么?这么难的字我都不认识,让孩子学,这不拔苗助长吗……"足足研究了一节课时间,最后他撂下一句狠话:"这种课本,不读也罢!"

孩子都看不下去了:"爸爸,你能别妨碍我包书皮吗?"

这句话又像走火的炮仗一样炸了云配偶的神经,他跳起来说:"包书皮这种事我是最拿手的。"我也不知道他当时是怎么想的,也许是想展现一下父爱吧,最后他成了儿子的阻碍——买好的现成书皮不用，非要用牛皮纸现裁现包，最后包出来一堆歪瓜裂枣。

但这不是主要的，主要是儿子不希望爸爸碰他的课本，所以从那以后，所有和课本有关的事，全是我的事。

云配偶的奉献也许是"润物细无声"的，就是通过自己搞砸一些小事来衬托我的能干，从而那些小事都顺理成章成了我的事……

而且别惹中年男人，他们认真起来真没有搞不砸的事。

副作用三："教育孩子就得是我这样"。

我教导儿子从小要习惯做家务，苦口婆心、以身作则地指导了半天。孩子爹慢悠悠地从厕所里走出来，飘出一句："没必要，大了自然就会了。"

我把粘毛器给儿子，让他给我清理衣服，教育他学会分担妈妈的工作，多做家务活。孩子爹慢悠悠地从厕所里走出来，飘出一句："粘毛器这种东西就是给懒惰女人设计的，男人根本不穿粘毛的衣服。"

我教育娃要把时间用在刀刃儿上，有空闲时间多看看书，沉淀知识。孩子爹慢悠悠地从厕所里走出来，飘出一句："闲着没事，过来跟我一起做有意义的事情吧。"然后掏出了核桃、橄榄油、棉布、小刷子，就那样静静地带着儿子盘了一下午，夕阳映射下，他俩如同油画里的两截老树桩。

副作用四："唱红脸我是专业的"。

在妈妈给孩子立规矩的时候来拆台，在妈妈炫耀自己的时候来揭短，在妈妈扛不住的时候来趁火打劫，这是云配偶副作用的普遍症状。不合时宜地扮演慈祥的老父亲，是入门必备。

　　我跟孩子说："世上母爱最伟大，妈妈永远都是为了孩子好。"云配偶会赶紧问我："那你咋不听你妈的话呢？"我吼娃练琴嗓门大了点，云配偶会从天而降出现在我俩中间，然后说："干什么？以后咱不靠这个吃饭，别练了。"我逼着孩子复习做题，云配偶会准时出现对儿子说："这么好的天气跟我出去逛一圈，作业急什么。"

　　如此看来，儿子小学时在看到作文题目《＿＿真辛苦》时毫不犹豫写了《爸爸真辛苦》是有道理的。妈妈每天只不过是做了一些又啰唆又不切实际的小事，而爸爸做的都是树立信念、安抚人心、保护青少年的大事，能不辛苦吗？每到这时，我都希望如果我是爸爸该多好，一边被传唱赞美着父爱如山，一边可以肆无忌惮地吐槽生活的艰辛和压力，一边还能在孩子那边做好人，至少能被写进作文。

　　副作用五：给孩子花的钱99%是上当受骗。

　　爸爸们最大的副作用在于，会让妈妈们付出的一切都化为泡影，无论是在精神上还是在物质上。比如我好不容易给娃选好了一个可以托管并提高成绩的课外班，孩子他爹就会来一句："骗人的，不管用。"我好不容易下定决心让孩子上一门兴趣课，孩子他爹就会冒出一句："没用的，他不是那块料。"

　　但他自己带着娃花六百多块钱买了一堆刨坑的机器，准备在院子里大兴土木种土豆和豆苗，他说这叫育儿。

　　云配偶不在家的时候，我胸怀宏图大志，励志把一身才华用于培养祖国下一代上，我殚精竭虑，我自强不息，我"蜡炬成灰泪始干"，无时无刻不感觉自己是一个优秀的老母亲。

　　云配偶一回来，我开始提心吊胆，就怕他一个即兴发挥破坏了我的宏伟计划。我小心翼翼，我东躲西藏，他却"野火烧不尽，春风吹又生"，让我感觉总是轻松被打败。

以前还没有进入育儿领域的时候，我的人生没有敌人。后来，有了在家庭教育中风起云涌的铁打兄弟情，偶尔共赴刀海，多数时候还要提防内贼。我只能深呼吸，假装气定神闲地问一句："你看天边那朵云，像不像副作用？"

得有人唱白脸

有一次和朋友们聚餐，席间一位在大公司做 HR（人力资源管理）的朋友吐槽，最近新来了一个部门领导，特别缺乏界限感，比如总是干涉别的部门的工作细节，总是过度无效沟通，总是质疑别人做不好事……

然后大家开始讨论什么叫界限感。

有人在网上搜索到标准答案：界限感就是能分清自己和他人，分清自己的事和别人的事，自己的事自己做，自己的结果自己负责，不干涉和评判别人的事。

听他们这么一说，我马上就有了代入感。没错了，这说的不就是我家十三姐夫吗，他应该就是最有界限感的人啊！

首先，他能分清界限，绝对能分清。在我们家，唱白脸是我的事，唱红脸是他的事，他只干讨好儿子的事，所有破坏亲子关系的事都是我来做。

其次，他也从不干涉这些事：孩子漫长暑假的安排，孩子暑假作业的规划，孩子的一日三餐……他只负责在家的时候让儿子放下手头的事跟他出去撒知了。

你看，多有界限感的男人啊。难怪这种人在大公司混这么多年还没人投诉。

当然，我又想了想，夫妻做久了，好习惯都是双向奔赴的。所以，我的界限感也不差，比如：自打孩子他爹说他要负责儿子的数学，我就绝对不碰数学（何况我也不会做）。我充分尊重且不涉足孩子他爹认领的领域，这不就是界限感吗？

这话一说完，好家伙，在场的几对中年佳偶都按捺不住互夸了起来。

A 说："我老公在界限感这方面也妥妥地拿捏到位啊！他今天问我：'你上次说要给我换条新的浴巾，怎么还没换？'浴巾就在他斜上方 0.01 米远的架子上，在那儿放了一周多，他就是不拿，绝不会越界，因为换浴巾是我的事。他一定是怀着尊重专业领域的心态，保守着界限感的最后一丝底线。"

B 说："我老公这方面也很懂事呢！就因为我有一次心血来潮做了馒头，于是做馒头永远是我的事。每次他想吃馒头，就会让我做，我出差他就会等我出差回来做。如果我不做，他这辈子也不会自己吃馒头。想必在人与馒头的共生关系这件事上，他充分体现了自己优雅的界限感。"

C 说："论界限感，我们夫妻俩排第二，就没人敢排第一！在我们家，拖地板、洗碗、擦灶头、洗晒衣服，必须是我的事。我出去一周旅游回来，碗还在水槽里，脏衣服还在沙发上，出门前洗好的袜子还晾在阳台上，他和儿子绝对不敢造次。这是属于我的专业领域，界限感就像我老公头上的毛发一般，根根分明！"

D说："我觉得我拿捏得也挺好的，我们有各自的卫生间和卫洗丽。"

听到这里，我隐约觉得风向不对了，界限感引发的暗物质鄙视链浮出水面。果然啊，最高端的界限感，还是得物质条件充分、可支配资源足够。说白了，财富越自由的夫妻，界限感肯定拿捏得越到位。

中年夫妻界限感的顶配，应该是拥有各自的卫生间、各自的书房、各自的床……

君在马桶甲，我在马桶乙，有事随时发微信，没事不要乱串门。

君在卧室丙，我在卧室丁，自觉降噪不扰民，反正也不生二胎。

据我观察，大多数中年夫妻的界限感和分寸感都拿捏得死死的。

我们简直把"界限"活成了下意识的日常，大概属于世上最有分寸感的人群了。

基本上就是"不麻烦您，我自己解决"这种关系，或是"您辛苦了，还要包容我处理事情的时候占用了您的部分资源"这种高级互助模式。

有人可能会说："这岂不是太冷漠太见外了？"

此言差矣。俗话说，世上不存在永恒的恩爱，所有的"还没离"都缘于双方还能忍。所以啊，界限感就是"忍"里的较高境界。

说白了，"把对方当客人的时候，界限有了，满意度也上来了"，界限感和舒适度成正比。

我听过不少中年老母亲抱怨：自己教育孩子的时候，老公总是唱反调、拆台、阻止，甚至因为这事闹离婚。这何苦呢，大家心里必须有明确的立场，如果没有，总要有人先迈出这一步确定立场——孩子的事，谁掌握决策权？

两个人中必须有一个人具备这样的魄力——对，你是有发言的权利，发言完了，决策者还是我。

发言一起发，决策一起做，理念一致时挺好，理念不一致时呢，离婚吗？别给国家添麻烦，只需提升界限感，事情就好办了。

我写过一篇文章叫《报班问老公，一问全剧终》，其实已经点破了夫妻间在理念上的界限划分要素——"每一个成功的'鸡血妈 [①]'，其实背后都有一个屹立不倒的支持她的孩子爸，如果不能达成一致意见，每一场补习都能成为两口子和谐相处的绊脚石。"

我一个朋友的老公每周必逛一趟山寨古玩街，今天带回来一对核桃，明天拿回一个葫芦；出差必逛当地茶城，什么季节喝什么茶，什么茶用什么壶养茶宠，比养儿还认真。

而对老婆来说：配偶一把壶＝儿子的全科一对一。

在有些问题和观点上，男人和女人不能统一，所以势必得各自独立，比如老母亲和云配偶分别支撑起的不同产业：妈妈们拯救了教育这个第三产业，爸爸们搞活了边缘经济。

你买壶、买手串、买钓鱼竿的时候，界限感我有。

我辅导孩子作业，给孩子报课和兴趣班的时候，界限感你也得有。

---

① 鸡血妈：网络用语。用于形容非常重视孩子教育和学习的母亲。

否则，非常简单，孩子的学习全由你来负责，而我负责买壶、买手串、买钓鱼竿。

如果我又要负责孩子学习，又要支持你的消费观，而我给孩子报班的时候还要征求你的意见，对不起，你还真不拿自己当外人？

修炼到一定火候的夫妻，界限感如同情人节的玫瑰、"520"的红包、"双11"的优惠券，能为坚实的亲情保驾护航。

别人在这些日子里"谈感情费钱"，而我们在这些日子里用界限感保住的不光是"不让中间商赚差价"的乐趣，还有"充满神秘感"的人设高光，让别人猜不透我们到底是单身还是已婚……

界限感的好处这么多，我们有什么理由不去认真学习、仔细拿捏它呢？拿捏的时候也有几个小技巧，不知当讲不当讲……

比如在我家，什么新入手的家用电器啊，工具器具啊，买回来后第一次我就让配偶去用，让他去解析说明书，让他去实操一遍，把使用权赋予他，以后这项工作基本就是他的了，因为我可以永远说"我不会"。

这就叫释放对方的能力，然后尊重这种能力的不可侵犯性，保障这种能力的发挥，不越界。

纽约芝士还是巧克力千层？

都说婚姻使人成熟，但这不全面，尤其是女人的成熟，它是分好几个层次的。

比如一个女人成熟起来的标志可能是自觉穿上了秋裤。一个女人开始养生的门槛可能是往菊花茶里撒了一把枸杞。一个女人走向朋克的基本素养则是从"熬着夜敷面膜"和"喝完三分糖热奶茶之后做三十个仰卧起坐"开始的。

对我们这样有追求的中年老母亲来说，"朋克"是很有现实意义的，因为我觉得心理健康比身体健康更重要。我开始觉得好多身体的问题都是气出来的，是瞎琢磨出来的，或者是吓唬自己吓出来的，于是我朋克了。

说真的，自从朋克之后，整个人精神多了。

我会经常感觉自己好像身轻如燕、肤若凝脂、秀发柔亮、智商超群，仿佛实现了身心的大和谐。

尽管这一年我长胖了十二斤，但我也办了健身卡啊！尽管我对

159

连续熬夜很自责，但我也囤了不少眼贴膜啊！尽管我经常一秒变脸，毫无底线地发脾气，但我也买了好几本情绪管理的书啊……

朋克养生真的是女人居家必备、生活伴侣。

然而，养生还能朋克一下，但养娃这件事就没那么容易自我陶醉了。

若干年前你嘲笑别人前脚喝冰可乐后脚就熬了一碗生姜红糖水，后来你发现，你前脚喊着快乐教育后脚给娃又报了一个补习班的样子，与之如出一辙。

当初你嘲笑别人喝啤酒时都偷偷摸摸地加热，后来你发现，你揍娃时都小心翼翼地戴上了手套，二者异曲同工。

朋克养生的那批姑娘，终于走上朋克养娃的康庄大道。然而结果却不同，朋克养娃大概率不会让你更精神，只会让你更精神分裂。

一边云淡风轻，一边暗中焦虑；一边快乐教育，一边虎妈咆哮；一边坐禅修仙，一边陪读辅导；一边祈祷假期结束，一边恐惧新学期到来……

不光朋克，有些妈带起娃来还很摇滚——

以其灵活大胆的表现形式、富有激情的技术手段、超乎想象的娱乐精神、可收可放的自由性、多变且没有规律的节奏感，让人琢磨不透。

这是什么样的精神？这就是传说中的摇滚精神。

我有个亲戚，以前每次逢年过节一聚会，她的保留节目就是让儿子背《三字经》。过了几次，另一个亲戚看了"别人家的娃"之后很受刺激，也准备了一个保留节目——让自己家娃背圆周率。

后来各自又增加了一些"绝活"。

这俩孩子每次一碰面,一个背《三字经》《弟子规》《论语》,另一个背圆周率和《唐诗三百首》《声律启蒙》……俩孩子的妈也不示弱,一个畅谈《黄帝内经》,一个探讨"哈佛成才术",徜徉在自己的知识海洋中不能自拔,弄得饭店服务员都知道这个家族的文化底蕴很深厚。

这种超乎想象的"寓教于乐+灵活大胆"的表现形式,配以富有激情的技术手段,就是当代"摇滚中年"的诗篇——孩子嘛,就是拿来炫技的!

比起追寻内心的爱与宁静,更让中年人精神愉悦的莫过于带娃路上的摇滚。

摇滚式带娃有什么好处呢?其最显而易见的好处就是不容易受到伤害。

有一次家长会上,老师对班上一个"别人家的孩子"一顿猛夸,散会之后大家纷纷上前取经。

这个问:"你们家孩子这次考这么好,你是怎么和他一起复习的?"

"哈哈哈,我哪顾得上他,我上周连吃三顿火锅得肠胃炎了,在医院输液呢!"

那个问:"你家孩子字写得真好,报的是哪个书法班啊?"

"哈哈哈,什么班也没报啊,他自己买字帖练的!"

场面一度很尴尬……他妈妈为了缓解我们的情绪,安慰我们说:"其实我家孩子毛病也挺多,特别内向,一看书就好几个小时不理人……"

这时候普通妈妈想:"啊,你家孩子是天才,太让人羡慕了。"

这时候朋克妈妈想:"唉,本来想散养娃,这样一看,我家孩子天资不足,还得补一补,别输在起跑线上。"

这时候摇滚妈妈想:"啊哈哈哈,这孩子不就是个书呆子吗!哈哈哈哈哈……"于是豁然开朗。

别的家长很容易就受到一万多点暴击,摇滚妈妈则不为所动,不会被带进沟里,完全无公害,内心的节奏不会凌乱,"动次打次动次打次"。

这就是摇滚式养娃"可收可放的自由性",以静制动,以退为进,令人完全抓不住其软肋,束手无策,控制不住她的癫狂。

擅长摇滚式养娃的妈妈们还有一大特点:毫无规律地开心,毫无规律地不开心,对娃的态度完全依赖于当前自己的心情……

摇滚派妈妈为啥一会儿哭一会儿笑?

她们在办公室聊的新衣服、新包包,其实大概率是给娃购物凑的单;跑马得的金牌、舞蹈劈的一字马,其实是为了调节"鸡娃"时的心律不齐、面对成绩单急剧下降的多巴胺;朋友圈晒的娃和微博里吐的槽一样多,差别是一个三天可见,一个仅自己可见。

心情好时看到娃在墙上乱画——

要开放包容地育儿,发挥孩子的创造力和想象力,不要遏制孩子的天赋。宝贝,我看看你在墙上画的是什么玩意儿?真棒,我们一起画吧!

心情不好时看到娃在墙上乱画——

我的揍娃棍在哪里?!

普通妈妈平时想的主要有：

凭什么大家都在认认真真、兢兢业业地"鸡娃"，有些娃就能一骑绝尘，只能让我们模糊地看到尾灯?

凭什么我们的娃还在手脚并用苦苦钻研二十以内的加减法，人家的娃就能搞得清鸡兔同笼?

凭什么我们的娃鞋带还系不利索，人家的娃就能在泳池里两个来回换了四个泳姿?

凭什么我们的娃吃奥利奥急得撕不开包装袋，人家的娃已经在抖音里做网红炒饭了?

这是基因的突变还是智商的碾压？这是人性的弱点还是不可抗拒的神秘力量？让我们来揭秘"牛娃"背后的神秘女人——走进蒸汽朋克老母亲的爱恨情仇。

摇滚妈妈平时想的主要有：

我今天还活着呀，哟哟切克闹!

她们延续一贯的摇滚精神，激进的思想与颓废的态度并存，和当今盛传的"佛系带娃大法"相得益彰，更多了几分烟火气和时尚感。

她们拿着孩子快要及格的卷子，捧着刚续完费的一摞收据，在人来人往的十字路口凝视街边的路灯，看似呆板的目光下却可能有着深不可测的思索——等会儿是喝杯奶茶还是来杯咖啡?

震撼灵魂的独奏迸发出耐人寻味的人生哲学，那来自心灵深处的呐喊如同满是重金属的酸性爵士一样，歇斯底里又不忘初心。

　　那酷炫的姿态就是摇滚的本质，长发皮衣吉他架子鼓大喊大叫的沙嗓的即视感，值得拥有最生无可恋的态度。但更多的烦恼袭来时，她们想的可不是奶茶或咖啡那么简单，还有更深的思考——

　　到底是搭配纽约芝士还是巧克力千层?

全是作业

中年老母亲为什么不太有时间和精力管老公？因为不管到哪儿，她们的脑子总是优先供应两件事：享受"鸡娃"过程，幻想"鸡娃"效果。

为了实现这两件事，她们明着来，暗着来，横着竖着都能来，锻炼了意念的韧性，到处都能找到符合她们愿望的"功德箱①"。

别人到一个城市先找知名景点，她们先找当地知名大学，国内的"985"，国外的"常春藤"，进去逛一圈，算是个开光仪式。

碰上没有大学的地方，人家照样有办法。

前些年，我和几个朋友一起带娃去马尔代夫，除了我，每个妈妈都带了《寒假生活》，有一个更牛的，还带着毛笔字帖和笔墨纸砚，还有个最厉害的，你猜怎么着，人家带了全套十八张"动脑筋天天练"，每天两张奥数大卷子啊！还要坐在离海最近的位置写作

① 功德箱：指中年妈妈的玄学意念。——作者自注

业,说是"吸收天地灵气之精华"……

这是一种怎样的情怀?

马尔代夫的夜晚,天空清澈透明、星河璀璨,海边混合着爵士乐和鸡尾酒的浪漫。来自中国的老母亲们穿着性感蕾丝裙举杯望月聊人生,不远处的爸爸们,借着幽暗的灯光,抱团补课,一起研究今天还没完成的最后五道几何题。

有一次我在西雅图出差,在一个带儿童乐园的餐厅里吃饭,有两个中国小孩在跟外国小朋友一起玩涂鸦,外国小朋友画得很抽象,云里雾里,不知道是什么玩意儿。

一个中国小孩拿起红色蜡笔,擦掉了所有小朋友的涂鸦,上来就泼墨挥毫——"向晚意不适,驱车登古原。夕阳无限好,只是近黄昏。"

另外一个中国小孩开始和他一起朗诵起来,开头还不忘加上《登乐游原》,唐,李商隐"……

两个娃充满韵律和情感的朗诵震惊了美国娃,其他小朋友大概惊讶于这对仗工整还押韵的异域风情,跟着拍手打起了拍子,估计以为这是中国小孩独有的某种 rap(说唱)吧。

这一幕把美国老母亲忽悠得一愣一愣的。那工整的方块字,流畅的文笔,伴随着孩子意犹未尽的朗诵,已经足以镇住她们,这可能就相当于她们西方人的小孩在五六岁的年纪脱口而出《莎士比亚全集》的水准吧。

这还不是最牛的,我见过的最为国争光的中国老母亲"鸡娃",是在迈阿密的沙滩上。一群小孩在画画,有正方形、圆形、心形、三角形……

一个中国妈妈带着娃路过，上来就问："这是个什么三角形？"

"等边三角形。"

"如果边长是 2 厘米，它的面积是多少？"

那孩子两眼放光，冲上去提笔直接连接顶点和底边，画了个垂直线。

你看，全世界的孩子都在沙滩上虚度光阴，中国小孩却画了辅助线求出了三角形面积。仿佛这片沙滩伴随着整片比斯坎湾，都成了中国老母亲的"功德箱"。

嗯，至少在这个"功德箱"中，我们求到了"几何学得挺好"这个上上签。

假以时日，全球的海滩将涌现大量沙滩学霸，画辅助线只是个起步，鸡兔同笼和过桥相遇才算入门，三角函数和线性代数都只是交友基本线，不懂点统计学概论都不好意思带出去旅游了。

到波士顿去玩，妈妈们必然会造访的景点排名前两位的是哈佛和麻省理工，必然会做的事情是买纪念品，必然会给纪念品上价值——那就是她们投的"功德箱"。买了就是有学神①庇佑了。

有个中国妈妈在麻省理工的商店里给娃试衣服，买了一件合身的，又买了两件大码的备用，至于帽子、文具、小旗子，更是不可能落下，顺便还不忘"鸡娃"："你看，你只有好好学习，将来才能到这么漂亮的学校，继续穿人家的校服……"

---

① 学神：此处指管理学习的神。

167

后来我又到了纽约，在曼哈顿街边的咖啡店里坐着欣赏帅哥，旁边一个中国旅行团轰隆隆过来了，一个妈妈冲着她的女儿喊："你快过来，快过来，查一下这句话啥意思！"她指着摩天大楼上一副铜字招牌"education is opportunity"，让女儿翻译。女儿不屑地说："教育就是机会。"

妈妈说："哎呀，说得好啊！赶快记下来，下次写作文的时候就写这个！"

旁边的爸爸不满地说："这有啥写头啦！"

妈妈不耐烦地说："你不懂，围绕这句话至少能写出一百多个字，否则写什么。你说，写什么？暑假还剩十五天，你女儿还有六篇作文没写，你说怎么办……"

夫妻俩就作业话题当街辩论了起来，真是一道亮丽的风景线，爸爸不明白，全世界在妈妈眼里，其实都是作业。

应试生活标配

每天晚上八点半，非常准时，我家楼上的过道里就会传来跳绳的声音。据我观察，每周一三五是妈妈和儿子跳，二四是爸爸和儿子跳，周六晚上爸爸还要带娃去练游泳。

还有一次，我在楼下碰到这对夫妻正在一起跳绳，却没看见儿子，问他们怎么不带儿子一起跳，他们说："儿子在家上英语课，我们被赶出来了。"说完他俩又开始跳，两个中年人庞大的身躯在路灯下忽明忽暗，迎风飘摇的发际线也少了几分油腻，多了一丝伟岸。

如果不是孩子体育要考试，恐怕跳绳这种事不会成为这俩中年人的"每日必练"。中年人目前选择业余爱好一点也不盲目，几乎都是跟着娃的考试项目走的。你有什么考点，我就学什么、练什么。你不考的，我肯定没空学、没空练。中年人可没闲工夫把精力用在"不考"的东西上，不以考试为目的的补习和训练都是"耍流氓"。

务实、高效、紧凑，这就是当代中年人的"应试生活标配"。

追考点的中年人，追得面面俱到。

前两天还有一个北京朋友跟我说,她和同事一起团购了"成人绘画班",报班的时候看到标榜着"零基础,速成",她们就毅然决然报名了,因为她那个小学三年级的女儿学画画没耐心,本来都要放弃了,突然听说中考美育占分,这怎么能放弃?不但孩子不放弃,妈妈也要跟上,以达到"一起学,学会了能给孩子一点激励,还能互相对决"的目的。

这美好的愿景挺励志的,得感谢中考。

我认识一个妈妈,她孩子学长笛。为了让孩子考进市级乐队(中考可以加分),这位老母亲不但自己也开始学长笛,而且还同时学钢琴,就为了能给女儿伴奏,提高她的学习兴趣。

好消息是,她钢琴已经弹得很不错,都能在年会上独立表演了。坏消息是,她女儿没考进市级乐队。好多家长就是这么歪打正着,追着考点跑,考点已经到了尽头,自己却遥遥领先到了前头。孩子的每个考点,都有可能是爹妈的第二春,且行且珍惜啊。

一旦开始追考点,中年人是没有下限的。

有一次我跟朋友聊天,聊最近看了什么书,我在看石黑一雄的新书《克拉拉与太阳》,这本书讲的是未来世界可以买"机器人小孩"给自己的孩子做伴,我说:"如果现在就有这种机器人多好,它们是机器人,知识面应该很广,能陪娃学习做作业,我们家长就省心了。"然后有个朋友就开始批评我了:"省心?如果有那一天,你就该退化了。"

仔细一想还真是这么回事,如果我不用看孩子的文言文大全和正反比例函数试卷,那我可能将更早迎来我的老年痴呆。

我的这点皮毛参与度，在同龄人中都不好意思开口。

最绝的是别人家的妈妈已经在手机里下载了"道法复习提纲"，我强忍住惊诧，问她："这是啥？"

她说："道德与法治啊，我先学一下，然后给儿子复习啊！"

我问："为什么？"

她说："中考要考啊！"

我还没缓过神来，她发给我一张图，上面赫然写着各科目的分数占比，其中"道德与法治"占60分，属于大头。

果然，只要是和考试有关的，不管任何缝隙，都有家长们大展拳脚的空间。这种事情在我们小时候是绝不可能发生的。

我不知道你们啊，反正我是当了妈之后才真的明白了什么叫"与时俱进"，我们要跟随时代的变化、教育的变化、孩子的变化，一直更新自己的知识宝库。

毕竟，现在学校不光可以给你传授课内知识，还能检验你课外学习的效果。至于竞争，哦，应该也是公平的，因为很公平地考查出了谁的爹妈更擅长做课外学习时间管理。

学校打个根基，开枝散叶得自寻出路，减负之后，不少孩子的"出路"在晚上、在周末、在节假日、在寒暑假，校外各种"素质教育"全面开花才算真牛，所以家长要跟着"素质教育"的要求不断启动新项目按钮。

最近小学生家长又说了，有望"全面取消家庭作业"，太好了，家长又替义务教育扛起了一面大旗，学校几乎成了白天托管小学生的世外桃源。

以前要陪孩子做作业、签字、准备 PPT 和小报、复习班级微信群各项指示……现在要自己动脑筋给孩子"加餐",花钱报班都不够,很多时候要亲自上。

过去有很长一段时间,中年人都开始学奥数。为什么学奥数?因为奥数及其相关知识链是小升初的敲门砖。不少高知、海归等英雄好汉都拜倒在小学奥数题下。

"我女儿的奥数题,弄得我熬夜到 1:30。上一次这样熬夜还是在七年前评职称的时候……"——这话出自复旦金融系 2003 届毕业生。

孩子的难题不会做,令好多中年人焦头烂额、心神恍惚,万一再听说别人家孩子做这种东西小菜一碟,焦虑感便与日俱增。

就算你会用微积分、极数、空间解析几何、线性代数和常微分方程求出答案,也是不得分的,因为方法不正确。

中年人开始慌了,大规模学奥数的风气席卷了大城市,以北上广深为代表的一线城市和为了冲向北上广深而努力的二三四五六线城市,都掀起了家长学奥数的热潮,学习热情空前高涨。

一到双休日,成群结队的家长带着孩子走进各大奥数学习机构,他们面无表情、锁眉沉思,两小时后再带着一脸的僵硬和麻木的四肢走上街头,宛如一大批行走着的僵尸——这不是演习。

不少家长关注了大量 PK 数学技能的公众号、小程序,钻进各种论坛,准备大显身手。小学奥数题成了中年人生活里为数不多的小刺激之一。

自从奥数打开了中年人学习的第二春之后,我们终于明白,原来现在的小孩要学要考的东西，真的值得我们心头一紧。

好不容易奥数这股风开始弱化了，我们以为脑子能歇歇了，谁知道，好家伙，中年人混沌的脑子歇不了，笨拙的肉体也要跟着动起来了。

但追考点的中年人也因此获得了身心的全面进步，我家孩子他爹已经由于经常跟儿子一起练引体向上，练得肱二头肌都若隐若现了。

我对他的期望也不太高，只希望他坚持下去，把自己培养成一个浑身都是考点的爸爸。

听我说谢谢你

　　家长圈子里流传过一个段子："新一代孩子已经很通透，一个1999年出生的男孩说他的理想就是做'富二代'。他每个月给父亲写家书，在信中勉励父亲好好努力、上进、升职、赚钱……"还说这男孩家书里分三个部分：第一部分是问候安康；第二部分是观察到父亲近来有些躺平①，很不应该；第三部分是肯定父亲的努力，并表示如果再加把劲，明天会更好……

　　大家看完这个之后瞬间凝固住。这到底是什么小孩啊，1999年出生的现在好歹也二十来岁了，这是以为自己才两岁多吗，还幻想着父亲是奥特曼，不但会起飞变身打怪兽，还能摇身一变成为暴发户。可见年轻一代的梦想，有时候比中年人的梦想更不切实际。中年人的梦想大多是希望自己的小孩能学有所成、功成名就，比如我老公，他的梦想是"成为首富他爹"。

───────────

① 躺平：网络用语。指个人选择追求平凡生活，不追逐过高的事业或生活
　目标，放弃对社会竞争的追逐和努力。

现在倒好，爸爸想当首富他爹，儿子想当"富二代"，这还真是"对冲一家人"啊，想要双赢几乎是不可能的了，能做到不玉石俱焚已经谢天谢地。

巧的是，最近我看到了另一个令人想要遁地走的新闻——成都一所小学的三年级二班因为足球比赛输了，结果家长找到一众球界大佬，分别录制了一段视频为三年级二班加油打气。

看看家长都拼成什么样了。三年级的小孩踢个足球，家长竟要如此大刀阔斧地动用一众大佬人脉资源，被网友称为"拼爹界的天花板"。这一下子就把"拼爹"的阈值提升了很多。我给十三姐夫看了这个，问他有何感想。他说："这个学校的氛围真牛，幸亏我不在这个学校，否则会感觉自己是个失败者……"

唉，现在当家长可真是越来越难了。人在家中坐，啥事都没干，却只是因为别人的家长太过优秀，而显得自己像个失败者。如果那个给父亲写信的 1999 年出生的男孩看到这排场，估计更要给父亲写信了，鼓励他不但要早点实现财富自由，更要努力追求破圈自由，扩充人脉圈子，结识各行各业的大佬，不但要让孩子"钱够花"，还要让孩子"面子够用"。

过去，不少家长就警觉地发现"鸡娃不如鸡自己"，但我们想象力的上限还停留在"鸡"自己的才华，没想到还要"鸡"财富，更没想到还要"鸡"人脉！

光拼才华，大家已经很有压力了，因为周围越来越多的家长竟然真的在努力！学奥数的中年人、考证的中年人、跳绳的中年人……中年人不务正业，重走九年义务教育都是认真的。

本来以为家长之间应惺惺相惜，一起营造良好的"鸡娃"氛围，结果呢，一部分家长先"鸡"起自己来了，叛徒。但其实大多数家长都只能在自己的能力范围内争取，竭尽全力地靠拢家长界平均水准，不掉链子、不给娃拖后腿，已经相当不容易了。

我有一个朋友，为了更好地融入儿子学校大大小小的活动，不落后于其他家长为学校做出的贡献，便认真学习了无人机航拍技术。前段时间在学校运动会上，他信心满满地带着航拍器想去露一手。他提前一小时到场调试，到那儿一看，好家伙，天上已经有十几个无人机在排队了……再一看，拿着遥控器的全是今年新生的家长。这年头，越是新生家长，越有空，能力也越大。后来他一看搞航拍在这个学校里已经吃不开，他又主动申请视频后期制作，到了视频团队一看，脚本组、剪辑组、导演组、字幕组、特效组、配乐组……分工明确，家长一个萝卜一个坑，也没空位了。看来这个学校的家长，综合能力已经达到了峰值。由此可以推断，当代家长正在以各种力所能及的方式，越来越多地展现着自己的才华，哪怕请不到什么大佬，他们也恨不得把自己培养成大佬。

是啊，你想让孩子好好学习长大给你争口气，你就得有本事先在你娃学校给他争口气。由于先天条件限制，很多"想争口气"的家长，正在用最笨拙的方式做着最大的努力，为了不掉链子不拖后腿，他们竭尽全力的样子实在是太烧脑了，也完全不怕出丑。

如果不当一次家长，他们恐怕这辈子都不会相信自己能面对成百上千的陌生人在台上扭来扭去。也许他们从没上过公司年会的舞台，不敢在超过五十人的场子里开口讲话，不会接受任何不属于自己风格的行为……但在孩子学校的演出、比赛、活动上，他们成长了。他们克服各种困难，迎接众多新的挑战，老胳膊老腿不利索没关系，只要没断，就能持续战斗。

对自己够狠，才能在育儿界立足。与此同时带来的必然效应就是：家长圈容易卷起来。比如，大多数家长只能在文艺汇演上扭扭腰，而有人却可以直接在家长会上表演武术。

又比如，大多数家长只能合唱个《听我说谢谢你》，而有人却可以在儿童节活动现场直接唱戏，还各大流派轮着上。

看看吧，这届家长都已经如此努力了，怎么居然还会有孩子要求父母更努力，甚至居然还希望成为"富二代"？求才就行了，居然还求财？十三姐夫就曾经说过：有点良心的娃都应该看到父母身上那些比金钱更值钱的成长。

但凡学校有个文化节，总会有爹妈突破自己的界限，上到历史背景，下到布料配饰，从楚汉之争、七国之乱、群雄割据、曹丕篡汉，到前襟后裾、直领斜领、鹡鸰瑞草、地黄交枝……一个人就是一堂百家讲坛！没当家长之前，他们的历史素养顶多只能追溯到鲁迅时期。

但凡学校有个美食节，总会有一些在家里从来不进厨房的家长，突然间就成了一人能搞定全校三顿饭的大厨，为了促销食品，他们还能以掘地三尺之雄心魄力"卖艺"。

但凡学校老师通知"给孩子的衣服上绣一个 logo（标志）"，就会有无数平时连扣子掉了都不知所措的老父亲，生平第一次做起了针线活。

曾经不修边幅的土包子，有娃后成长为艺术家，学插花、描凡·高，水彩油墨信手拈来，泥塑浮雕自成一家，从文艺复兴到装置艺术，从榫卯结构到枯山水大咖，仿佛达·芬奇转世，又像双手被罗丹开过光，一件件骨骼精奇的绘画、雕塑、盆景、手工作品，琳琅满目地出现在娃学校的艺术节上。

曾经作文不及格的"程序猿"，有娃后化身为"先锋诗人"，擦着尴尬的红脸蛋，勒着羞涩的红领巾，在娃学校的主题活动上慷慨激昂、意气风发，用通宵呕心沥血创作出的作品，跟孩子们一起歌颂人间，并衷心地希望这样的活动赶紧结束，哦，不，祝学校的活动越办越好。

曾经学了十几年英语都没开过金口的闷葫芦，有娃后练出字正腔圆的伦敦西区口音，甚至能飙几句意大利咏叹调，同时还分担导演、编剧、服装、道具、后期制作等工种，只为不辜负在娃学校戏剧节上亮相的高光时刻。

"鸡娃不如鸡自己"——这个永恒的主题就像达摩克利斯之剑一样，悬在家长的头顶。

为了在学习路上给娃打好辅助，一群中年人视频网站会员也不办了，嘴角的火锅油也擦干了，拿出压箱底的才艺，迅速实现人生第二次自我超越，可上天入地，可挥斥方遒，不仅行万里路（接送娃上兴趣班），还要读万卷书（应付各种家庭作业），文能提笔绘江山（完成绘画手工作业），武能倒拔垂杨柳（参加各种亲子运动）。

之前在工作中被老板和甲方骂得狗血淋头时产生的那些自我怀疑、自我否定、自我摒弃，已经在陪娃成长的过程中被自己的实力全部推翻。

所以啊，做家长只要有才华，就可以持续提升自信。

而对那些欲求不满，还幻想着让父母一夜暴富，把自己变成"富二代"的娃，我的建议是：该揍得揍，该怼得怼。

我们为人父母，尽其所能跟孩子一起成长，努力放弃舒适区，学习很多本不需要学的东西，参与很多本不需要参与的环节，这已经是超纲题，能超额完成已经算是仁至义尽，也是我们高尚人格的最佳体现。至于财富，那是身外之物。

再说家长都忙成这样了，谁还有空专心去忙着赚钱，谁能保证把娃变成"富二代"？毕竟，才华比财富高级多了。

挺直腰杆的秘方

每年开学季，我都会收到好几拨家长从前方发来的喜报。比如"当选了家委会主任"，比如"当上了家长健跑团领队"，又比如"当选家长志愿者第四支队小队长"，还有一个更玄乎的，当上了学校的什么"家长自立互助协会会长"……一个个的，简直比公司上市和彩票中奖更骄傲。

其中我的一个前同事的"战报"最为精彩。她前两天突然兴高采烈地发了个红包，原因是"全票当选家委会主任"。

一般看到这种张灯结彩的通告，我们会觉得也没啥大不了的，但这次我很惊讶，因为我的这位前同事是一个不折不扣的"重度社交恐惧症患者"。

她"社恐"到啥程度？比如年会的抽奖环节，别人都期待中奖，只有她会默默地双手合十许愿："别抽中我，别抽中我……"因为她说："抽中了就得上台，上台就要讲话。"所以你看，"社恐"十级患者为了不抛头露面，是会断然拒绝一切物质利诱的。

就这么一位大"社恐"，如今居然当选了家委会主任，神奇吗？对普通人来说，听到的是老师在问"哪位家长愿意参加家委会竞选"；而对一个深度"社恐"患者来说，听到的就是"哪位家长愿意厚着脸皮上台来唱一段二人转，再给大家讲十分钟的单口相声，只要你不尴尬，尴尬的就是在座的所有家长"。此时那位深度"社恐"的妈妈屁颠屁颠地上台了。

她不但当选了家委会主任，而且是在无比激烈的竞争中脱颖而出的，PK掉了一众什么"藤校海归""高校教授""街道干部""名企总监"。很难想象，一个曾经"社恐"到在公司上厕所都要专门挑厕所没人的时候才敢进去的羞涩女子，是如何演变成雄赳赳气昂昂、过五关斩六将、气拔山兮面不改色的社交达人的？

其实原因也不复杂，就是因为她当了妈。

有娃可以治疗成年人大部分的矫情和羞涩。别管你曾经有啥顽疾啊，难言之隐啊，性格缺陷啊，比如强迫症、健忘症、拖延症、"社恐"症……在有了娃之后都神不知鬼不觉地全好啦！

当今社会，尤其是家长圈，几乎已经容纳不下"社恐人士"了，你哪怕再"社恐"，也会在进了家长群之后被不断训练，一周之内你就能实现从"不敢说话"到"秒回收到"的巨大转变。话说回来，当了家长也没几个敢"社恐"的，否则都不太好意思当家长。

最近几年，"社牛症"是个热门词："在社交方面毫不胆怯，无论和陌生人还是半熟不熟的人，都能做到游刃有余地交谈。不怕别人的眼光，不担心被人嘲笑冷落。"

看看这解释，这不就是当代家长的社交法则吗？有一种纯洁且快速的信赖，就叫"家长之间的友谊"。很多人"社恐"是因为社会复杂，骗子也多，陌生人之间很难相互信赖。但家长之间就不一样了，不管多陌生都能很快热络起来，因为大家的娃都是一条绳上的蚂蚱，大家瞬间就走上了统一战线。

有孩子做纽带，任何关系都比较容易被信赖，家长之间你能骗我啥？是骗我跟你多团购一套教辅还是骗我跟你一起多报个培训班？

于是，这种社交环境本身就是相对宽松和无杂念的，更有利于训练出高超的社交技能。

家长的社交自信和社交能力对孩子多少是有点影响的，甚至可以说，家长的社交圈从某个角度来说就决定了孩子的社交圈。

家长的社交段位也是在给孩子的社交启蒙做榜样，这就是为啥大多数家长都时刻教育自己要"与人为善，广结善缘"。

毕竟偶尔需要问作业啊，探听消息啊，拉投票啊啥的，还是得抱团取暖。本来就乐于奉献的家长，光荣加入家委会等组织，意味着以后要经常面临大大小小的统筹规划、人际沟通，小到买个消毒液，大到组织几十人的社会考察，这一套全流程操作下来，个人能力的提升不可估量啊。就算本来不善交际的人，在进了家长群之后也变得出口成章、滔滔不绝，甚至擅用各种修辞手法来夸老师夸孩子夸家长，还不乏一些吟诗作对、春秋笔法，让人感觉"这个人惹不起"。

有擅长苦口婆心、笔触发自肺腑、有理有据玩煽情的家长：

"9月1日，不寻常的一天，三位可敬可爱的老师与我们家长陪同孩子完成从家中众星捧月过渡到自主生活的转变。通过两个多小时的接触，我们感受到了三位老师的热心、细心和责任心，以及专业的爱护与引导。加上环境的优美与温馨，我们感觉孩子进入这个班级不仅放心，还是一种幸运，由衷感谢三位老师，你们辛苦了！"

还有博古通今，张嘴就来赞美诗的：

"天真无邪中天使，喜爱卖萌甜丝丝。常常爱听人称赞，天天上学不会迟。皆因先生善诱导，因材施教好老师。"

但凡擅长社交的家长，都有自己的专属特长。实在不想肉麻地写赞美诗的，也可以通过各种方式秀自己的方方面面，好脱颖而出，不被淹没，入园两小时，可以攒出八百字小作文。

总之，只要你的孩子走进校园，你就等同于第二次走进一个全新的社会。在这个社会里，总有一些人可以让你自愧不如，满地找洞。

很多人本来觉得自己挺牛的，但孩子一上学，他们瞬间就蔫了。比如我们家十三姐夫，众所周知，当年他把我追到手靠的是"忽悠女孩子必备"之"玄学三件套"——哥德巴赫猜想、费马大定理、黑洞蒸发与量子力学。

他不遗余力、见缝插针地一直在提醒我：他是他们学校当年的理科状元。然而这种嚣张在孩子上了学之后就逐渐萎靡了，因为他发现家长群里"求解"的奥数题他永远不是第一个做出来的，部分家长在互飙知识结构的时候他也不是最出挑的那一个。

家长群里有大学数学老师，有清华物理系硕士，还有一个在实验室里研究小白鼠的交配干预，深得小朋友们的喜爱和崇拜。在这种情况下，本来挺低调的家长都被氛围烘托得高调了起来，本来不想秀自己的家长也被别人刺激得秀起了自己，一些和十三姐夫同类的"当年状元"也被压成了"社恐"，不敢出声。原来氛围真的很重要，让你变得更优秀的可能不是你妈，也不是你的老师，更不是你的领导，而是你娃的同学的家长，你甚至不知道他们叫什么，只知道他是 ××× 的妈妈 / 爸爸。

幸运的是，那些喜欢介绍自己的专业领域或科研成果的家长，他们孩子的学习成绩只能用"也就那样"来形容。呵呵，没想到，孩子一上学，中年人的高光时刻和人生低谷都来了。

老天爷果然是公平的，总能用一些巧妙的方法来制衡社交的方方面面。有一些人要靠出言献策，或彰显能力，或暴露财力，或奉献脑力体力来实现，而有一些人可以不说一句话，只需要他家娃优秀。

兜兜转转一大圈，到最后还是会发现：孩子才是家长社交的第一"责任人"。至于怎样拥有一个能让你腰杆硬起来的孩子，没什么秘方，我只能说祝你好运。

至于家里有俩娃的，"社牛"还是"社恐"又是一门玄学。有个朋友家的大儿子在学校各科优秀，还老是得奖，每学期老师都喊她去分享经验，她的演讲题目总是"如何培养孩子的自律""我是如何陪伴孩子学习的"……每次进校门她都是带着光环横着走的，见谁都愉快地打招呼，大谈特谈亲子关系……直到老二上了一年级，她成了总是被老师喊到办公室批评教育的那个，从那之后，她放学都晚十分钟进校接娃，就怕碰到熟人。

由此可见：有时候，治疗"社牛症"只需要再生一个。

刀刃儿

2020年我打算买房，我几乎每天都在用双脚丈量着上海寸土寸金的街头巷尾。丈量的速度赶不上房价上涨的速度，丈量的底气也追不上别人直接加价抢房的帅气，丈量的辐射圈已经从市中心延展到了在三个区内都能考虑考虑。恐怕过不了多久，我的要求就将跌落到"只要是内环内就行"……

有一天我又去看房，那套房子的价格超预算了，看得我胆战心惊，我对中介说："这房子一般，地段一般，环境一般，房型一般，不必考虑，走！"刚走出去两米远，中介对我说："这房子对口卢二小学、向明中学。"

我优雅地转过身："幼儿园呢？""思南路幼儿园。"妈呀，突然就觉得这房子的优点还不少啊！黄金地段，环境安静，房型敞亮，价格也还算合理……两秒钟后我想起来，不对，我儿子已经上中学了，我管它对口什么幼儿园小学中学啊，和我有什么关系？我想我这应该是带娃综合征的后遗症吧，看见房子就想学区，听见好学校就想进去……

　　然而,我现在已经是一个不再需要学区房的老母亲了,逃离了它的裹挟,买房不用再考虑学校,这实在是太爽了,哈哈哈哈哈!所以啊,这房子真的很一般,地段也真的不是忒便利,环境也真的不是很幽静,房型也真的不是特别好,却还这么贵,呵呵。

　　又过了两秒,我忽然又想起来,不对,我孙子还得上幼儿园小学中学啊……"我们再进去仔细看看,刚才漏掉一些细节。"然后我又进去看了一遍。短短五分钟内,这位客户竟然回来复看,中介小哥的眼神中露出兴奋的神情,感觉我差不多今天就能付个定金……

　　你们知道午后阳光洒在梧桐树上后漏下的斑驳光点为何看起来格外温暖迷人吗?那是因为时不时就会有中年老母亲在那些大树底下做着感天动地的沉思和抉择,她们伟大而长远的母爱已经弥漫到了空气里,在那些法式大宅和花园洋房的围墙里到处都渗透了无数老母亲苦心为儿子女儿以及孙子孙女经营着的未来。

　　我知道钱要花在刀刃儿上,我也知道我儿子就是刀刃儿,但是现在,我又超前一步地发现,我那个有可能存在的孙子,正在距离来到这个世界至少还有十来年的时候,就已经成为我的刀刃儿!这叫啥,这叫一代更比一代强,还没出生就选房。

　　为了现有刀刃儿和还未出生的刀刃儿,老母亲们总是能做一些极其不明智的选择——比如买一套价格高了不少的房,只为了那些感动着自己的可能性。而为了这些感动自己的可能性,老母亲们往往出手阔绰,一掷千金,眼都不眨。

　　正如在那不明就里的中介小哥面前,我看起来可能是一个为了学区房花钱不眨眼的魔鬼，但谁又能猜到回家路上的我连喝杯咖啡都觉得浪费，只想赶紧到家多喝热水。

他也绝不会想到，我们中年老母亲的某些"一念之间"，不是因为"我是一个很牛的人"，而只是因为"我是刀刃儿他妈"，甚至"我是刀刃儿他奶奶"。就像当妈妈们走进培训机构的那一刻，机构销售员眼里看到的不是她们，而是刀刃儿之母；妈妈们走进去也不是因为喜欢他们，只是因为刀刃儿们需要"功德箱"的加持。

看完房回到家，有个朋友问我去不去丽江。前段时间我确实信誓旦旦地跟她说我想去丽江，打算在那儿长租一个三合院，吃喝玩乐小半年，修身养性，规划得花好稻好。但现在的我已经变了，我现在是一个准备为了孙子这个"刀刃儿二代"超预算买房的伟大女人了！丽江是什么，我只爱我家的沙发。自打习惯于把钱花在刀刃儿上之后，刀刃儿的妈妈们通常都会默默地把自己活成经济适用型老母亲。

周末我一边看房一边留意着身边的各种感人景象，比如每当我路过各大商圈时，总能见到不少打扮朴素、拎着帆布袋子的妈妈带着孩子奔赴各处去补习，那些背着印有机构 logo 书包的"吞金兽"，连架在鼻梁上的眼镜架子，都比爹妈的贵……

所以，大部分妈妈都是奔走在刀刃儿之上的行者，重点已经不是优美，而是安全。为了带大一个娃，每个妈都放低了不少姿态，付出感大同小异，只不过有人还在为眼前的苟且而放低，有人已经为诗和远方在放低。

我们身边总会有很多经济适用型老母亲。

有的人，自己的 T 恤都是断码清仓时用三十九元抢回来的，而她家刀刃儿的一条内裤都要 A 类聚乳酸面料，均价五十五块钱以上……

有的人，热衷于给娃一辆接一辆地买平衡车，却因为自己骑共享单车超时两分钟多扣了一块钱而懊恼一周多……

有的人，手机里天天收着花呗、借呗、还呗、中信、工商、建设、光大、浦发的催账信息，接到无抵押贷款电话时却还能云淡风轻地说："等会儿再联系吧，我这会儿要赶着去给孩子报大语文、编程、奥数和户外写生了……"

同样受到牵连的还有刀刃儿他爹。有的云配偶，当爹前抽的是八十块钱一包的中华烟，有了娃后换成十二块钱一包的云烟，生完老二换成十块钱的红双喜，等到大娃上了高中，老二上了初中，他正式宣告戒烟，偶尔闻闻蚊香……

别人我不知道，反正我花了五千多办的高级理发店会员卡，现在已经成了儿子专属，每次发型总监给我娃剃头的时候，我也会在一旁虚心学习，以便回家后给孩子他爹剃头，现在连我的刘海也是自己剪了，理发店太贵……

有娃的夫妻，出门都是土豪，五星级酒店、迪士尼年卡、头等舱游轮、预留位餐桌，并一定要买最不实惠的纪念品……回家后夫妻俩可以连续三个月把中午的三十块钱预算改成只吃昨晚剩饭……

给娃报课："哇！折后总价只要一万四，好便宜好划算……"自己突然想吃个车厘子："啥？这点东西要三十？神经病！抢钱啊?!"

我的朋友给两个儿子买了杜比环绕电影票和最贵的爆米花套餐

后，自己坐在影院外面找我借视频网站会员密码，刷了两小时 VIP 电视剧。

她说很羡慕我买了三大视频网站的会员，还说我财务自由。哈哈，你以为我愿意办？要不是上次为了儿子做什么科学小论文要看视频资料，非得付费才能看，我会办那些个会员？

中年人哪儿来什么真正的财务自由，但刀刃儿的存在让我们有了发挥的潜力，我们的财务，只有在磨刀的时候才显得特别自由。

隐性投资

我看过一个《中小学生成绩调查报告》，仔细翻了翻里面的一些数据，看得我开心了好几天，比如"在家学习时间长度与成绩呈现倒 U 型，2 ~ 2.5 小时成绩最佳"。

事实上，我们身边好多孩子做完学校作业还要做补习班作业，每天在家学习四五个小时打底。本来我还在纠结是不是该给孩子加点课外猛料，现在看了这个数据，我终于可以心安理得地不努力了。这样的数据应该再多来几打，可以拯救我们这些"佛系"懒妈的心脏。

又比如"母亲学历越高，孩子成绩越容易出彩"。

我把这行字加粗加红截屏发给了孩子他爹，并附上一句："孩子现在还没有太出彩，大概是因为我的遗传基因遭到了你的中和。"有了这强有力的数据撑腰，以后我的家庭地位势必保持在一个更跩的高度。

但最吸引我的，反倒是一个与成绩关联并不大的数据：

"某区从孩子出生到初中毕业的平均家庭投入接近八十四万元，其中教育投入超过五十一万元。另一个区家长从孩子出生到初中毕业的平均家庭投入共七十六万元，其中教育投入五十二万元。"

这组数据里的两个区的家长，都令我肃然起敬。无论是在马斯洛指数还是在恩格尔系数上，他们都活出了不一样的颜色。

尤其是后者，思想境界更是上升到了新高度，那已经充分摒弃了"爱上一匹野马，可我的家里没有草原"的无奈和落寞，取而代之豁然展现出一幅"吃的是草，挤的是奶"的壮美画卷。

我仿佛看到了这个区的爸爸妈妈们勒紧裤腰带把大餐缩减成了泡面，把欧洲游降级为长三角之旅的良苦用心创造出来的辉煌战果……

再仔细翻翻详细数据，发现家庭收入越低的，在孩子身上投入的比重越高。

年收入五万元以下的家庭中，四分之三的收入都用于孩子的教育，家庭其他方面可以支配的收入非常有限。

为什么有这么扎心的数据?!

看来把大餐缩减成泡面的同时，还得给孩子捧上一盘澳洲龙虾面；把欧洲游降级为长三角之旅的同时，还得把孩子送进五万元打底的北美十八天夏令营啊!

很多大中城市的家长可歌可泣，以后不要随意根据居住区域、房价、收入什么的去判断人家的经济水平。你得先看人家孩子! 看人家孩子! 明白吗?

看起来人家可能朴实无华、家境简朴，人家把娃拎出来一展示，那孩子一个暑假的开销就比你一年的还高……失敬失敬!

有的人看起来吃着山珍海味，出手阔绰，他把孩子拉出来一看，养育成本连你家娃零头都不到……呵呵呵呵。

家住中环外的不一定比住内环内的穷，你得看人家孩子上的是什么名校，周末报的是哪些一对一精品课……

看人先别看他开的什么车，也不用看那车挂着啥地方的车牌，你得先看人家孩子早上在家门口上的是哪个学校的校车……

从某种角度来看，市中心名媛和郊区名媛都是名媛，"上只角"①爹妈和"下只角"①爹妈都是爹妈，大家在有了娃之后，就像计算器清零一样，得拿出白手起家的端正姿态，从头开始。

我表妹一家人就是放弃了杨浦紧邻内环的黄金地段房子，举家搬到了闵行外环外，乍一看，这是疯了还是傻了还是看破红尘了？如果都不是，大概就是财务告急了吧！谁知道，人家搬去那遥远的地方，是为了让娃进入附近的一贯制名校。

后来想想，这很明智，把钱花在了刀刃儿上，换来的是爹妈未来十二年的不操心，值了！

再看看人家娃那学费……当时我就明白了，什么市中心，什么内环旁，全都是浮云，往往我们看不上眼的鸟不拉屎的郊野山村才是真正有钱人的内涵天堂……

人家那儿的青菜豆腐价都是原来的几分之几，孩子的开销却是别人的几倍……

中国刀刃儿哪家强，全国都得看闵行。

---

① 上只角、下只角：上海话里的"上只角"指有钱人住的地方，"下只角"指穷人住的地方。

现在很多地方全民重视教育已经到了登峰造极的高度，连我爸妈都被改造得走火入魔，平时出门看到促销打折的小广告一律没兴趣，碰到寒暑假补习的传单，领得比谁都起劲。唉，老年人也明白一个道理：花钱让孩子出去，才能让自己清静。我一个朋友有一次对我们说："现在骂孩子开不了口，打孩子下不去手。

"看着眼前这个娃，早上喝的是进口牛奶，晚上吃的是深海鳕鱼，上着外教的一对一口语课，请着大师上八百一节的钢琴课，周末各大机构的学费加起来可以买个矿，出门车接车送，寒暑假都是贵族享受般的深度营，动不动玩个帆船潜水，为了不生二孩还给他养个狗做伴，连狗洗个澡都比我做头发还贵……"

嗯，你娃真的很高贵，揍他你不配。每骂一句，就像是对自己巨额投入的否定；每打一下，就如同对自己投资成本的损毁。上次和几个朋友一起带娃去迪士尼，住了一晚酒店，孩子们一个个住得泰然自得、轻车熟路，一看就像是富家子弟享受惯了的样子；老母亲们都蹑手蹑脚，生怕娃又偷吃了冰箱里的巧克力，给自己徒增一份巨额开销……

如果真要详细计算在"魔都"把一个孩子养育到初中毕业到底要花多少钱，恐怕简单的数据根本呈现不了。

这数据无法包含那些隐性成本——

比如，老母亲们因为带娃而遭受心灵创伤后买了杯奶茶稀释忧愁的费用；

又比如，爹妈因为娃而吵架导致老母亲不得不买支口红安抚自己的费用；

　　还比如把娃送进了辅导班之后，老母亲们一起等娃下课时一不小心又逛了街买了包包的费用……

　　如果没有娃，可能这些开支都不存在。

　　但有了娃，看着他那么高贵的成长足迹，我们身为家长总是不愿意太落后，就算感觉不配，也要偶尔给自己买一瓶贵点的生发液。

时间管理大师

有很多影视剧喜欢刻画完美妻子和完美妈妈形象，她们忙中有序、三头六臂、样样出色。尤其是一些全职妈妈人设，她们的日程安排总能惊艳到我们，贤惠与励志并存——

不仅要陪孩子上绘画课、亲子课、英语课、游泳课、马术课，给孩子做蛋糕，带他打疫苗，给幼儿园同学准备礼物……还要陪老公体检，给老公收拾行李，协助整理公司财务报表……同时还给自己安排了普拉提、泰拳、热瑜伽、烘焙、陶艺、花艺、缝纫、时尚鉴赏、皮肤管理、法语课……

照顾家庭和提升自己两手抓，两手都要硬。这是人类完成得了的任务吗？八爪鱼估计都力不从心了吧。

这需要多强大的时间管理能力啊！

后来我又冷静地想了想，之所以能有这些看起来"高大上"又唯美诗意的社交活动和行程安排，可能主要是因为家里有个全职保姆。

那个全天系着围裙，操持着这个豪宅里里外外的清洁工作，还料理着家人一日三餐的保姆，简直就是女主人得以解放双手的唯一出路。

如果没有保姆，一个全职妈妈不见得有那么多时间释放自我，还上什么普拉提、泰拳、热瑜伽课啊，肯定得冲进超市去抢限时限量的优质土鸡蛋啊，那说不定比什么课都锻炼身体，还能练手疾眼快的本事。

如果没有保姆，全职妈妈还学什么时尚鉴赏和法语课啊，几百平方米的大平层光是擦一遍灰再拖一遍地，好几个课时的时间就消耗光了。

如果没有保姆，全职妈妈大概就没心思学什么陶艺、花艺和缝纫了，追在孩子后面收拾他的玩具和衣服都来不及，有欣赏陶艺和花艺的时间，还不如赶紧钻进犄角旮旯儿去收拾散落的玩具汽车轱辘和毛绒狗的眼珠子……

所以，保姆是如今很多优质老母亲通往诗和远方的快速电梯。而在现实生活中，不管是职场妈妈还是全职妈妈，如果没有一个全职保姆料理家务、照管孩子，别说什么自我修养、自我成长了，恐怕就连每天按时吃上饭都不一定能实现。

"腾不出手"就是阻碍妈妈进步的重大因素。我也想把自己打扮得美美的，穿上真丝包裙和"恨天高"，拎个手包去上英式贵族礼仪课。但环顾四周，发现鸡汤还在炉子上炖着，衣服还在洗衣机里等着，满地的粉尘螨还在嗷嗷待哺，放学接娃的闹铃也将在不久后响起，此时我忘了真丝包裙和"恨天高"，也不想再要什么英式贵族礼仪课。没有精力去履行的愿望清单，就像失去灵魂的东施效颦一样，再学，也顶多学成个英式管家婆啊……

当妈后，要么请个保姆，要么自己成为保姆。前者可以制订"高大上"的时间表，后者自己活成了行走的时间表。

一般男人眼里的女人分两种：漂亮的和不那么漂亮的。一般女人眼里的女人也分两种：有娃的和没娃的。有娃女人眼里的女人也分两种：有保姆的和没保姆的。

大家都想过上有保姆的那种生活，奈何往往过着过着自己就成了保姆。

有保姆的妈妈们有机会红尘做伴，活得潇潇洒洒；而没保姆的妈妈们总是落寞地发现，共享人世繁华的心还在，但策马奔腾的时间都已被榨干……

看着电视里穿着雪白阔腿裤，只用限量版香水，动不动就去马尔代夫散心，拥有浓密秀发和紧致腰臀质感的中年妇女，没保姆的妈妈们笑而不语地放下作业本，走进了厨房。

有保姆的妈妈们还能"撒娇"，没保姆的只能"撒泼"。

有保姆的女人在深夜里辗转反侧可能是因为爱情，而让一个没保姆的中年妇女在深夜里辗转反侧的，却只有娃的作业和明天的早饭。

假如你看到一个中年妇女灰头土脸、蓬头垢面，请不要问她为啥不去保养皮肤、护理头发，你要知道，作为一个殚精竭虑熬夜做手工作业，挖空心思做营养早餐，微信置顶的群聊永远是班级群的中年老母亲，她的每一分每一秒都是在创造价值的，像这种坐下来两三小时解放双手、享受片刻自由时光的事，都是没空的。

一个没有保姆的已婚妈妈，把大好青春贡献给了云配偶，把美好的节假日贡献给了陪读，把昂贵的晚霜贡献给了枕巾，把聪明才智贡献给了奥数题……

我一个朋友生完二胎后，请了个保姆来帮忙，但仍觉得时间不够用，然后置办了全套智能洗碗机、扫地机、烘干机、除螨机、料理机……只为让保姆多从家务中腾点时间出来帮她带娃。

你看，连保姆都懒得自己动手了，家务活和带孩子真的是摧残女性精力的巨大杀手，但也正是在这些事无巨细的工作中，女人的实战能力逐渐增强。记得有部电视剧中，当了六年全职妈妈的女主回归职场找工作，面试时对 HR 说："我当了六年全职妈妈，带了一对双胞胎，还有什么能力是我没有的？"

我们看到的岁月静好着的女人，也许有一个保姆在辅佐她负重前行，也许没有，但精神上的压力和内心的责任感是谁也分担不了的。大多数想分身却又分身乏术的妈妈，只能在负重前行中寻找零碎的岁月静好，努力把它们拼凑起来，织成一轮圆月，对自己说："今晚月色真美。"

对冲式锁定亲家

看了一个特有喜感的帖子，讲的是关于"科学早恋"。说在海淀非常著名的某中学里，有个老师吐槽，早恋的俩孩子，家长互相之间很看得顺眼，两家人干脆像亲家一样来往了，还跟老师说："你不要干涉，顶多采取一些奖惩措施，比如考试名次下降就把他俩的座位安排到教室两端……"

其实家长的心态也挺好理解啊！你想啊，现在婚恋市场其实很萧条，走上社会后找对象真的很难。如果两家人能从孩子小的时候就知根知底，这岂不是一件很好的事情？对有前瞻性的父母来说，这件事值得高兴的点挺多的：

1. 孩子居然愿意恋爱；2. 恋爱对象是异性；3. 眼光也不差；4. 在学业压力这么大的地段和时段居然还能恋爱，说明学有余力、精力充沛，至少没有抑郁。

但是我们要注意到，其中有几个前提性关键词很重要："海淀""非常著名的中学"。我们都知道，"中国教育看海淀，海淀牛校连成片"。海淀牛校的俩娃谈恋爱了,这意味着什么?这不是早恋界的鄙视链顶端吗——双赢对冲。

我要是这孩子的父母,我也不拦着。为什么呢?原因很简单:1.孩子都比较优秀;2.家长教育理念差不多;3.家庭对子女的投入成本基本相似。

这就是眼下最与时俱进的门当户对。再往深里琢磨,还意味着什么? 1.都是北京人,没有地域差异;2.都是相似家庭,亲家无较大高低差;3.家庭条件相当,实力肉眼可分辨,不存在什么猫腻。一个成熟的亲家、优秀的亲家、高瞻远瞩的亲家,看的不是眼下,看的是未来十年,甚至是下一代。两个学霸能相爱,至少以后孙子不用我来带。学神① 组合多骄傲,未来孙子学习不用我来教。

据老师说:"两家的家长已经互相认可,逢年过节像亲戚一样走动,压岁钱都会多封一份。"

这叫什么?天使投资,A 轮。现在就看好这个媳妇/女婿,时不时地进行一点投资,看似是一种付出,实则收获很多。这都是聪明的亲家啊!

等两个孩子都考上不错的高中,开始 B 轮投资。

进了大学,C 轮投资。父母亲自栽培大的孩子对象,和孩子长大后冷不丁不知道从哪儿弄回来的对象,能一样吗?这种投资,不亏。

有人要质疑了:万一孩子们以后分手了,不就亏了吗?

---

① 学神:网络用语。指在学习上非常出色、成绩优秀的人。本页之后的所有"学神"都是此意。

那你这格局就不够了。你想啊，这一番投资，让孩子从现在开始体验啥叫"门当户对的爱情"，体验"共同携手进步的艰辛"，体验两口子共患难的感觉。以后他俩成了最好，万一不成，分手了，他们下一次找对象也不会眼光下跌，找个不如现在的吧？那就意味着他们会找个教育背景更好、家庭教养更好、学历和能力都更好的对象。这么一来，下一次婚恋的风险就降低了。

更关键的一点是，"准亲家"可以预定未来媳妇／女婿的成长目标，或多或少可以参与到自己孩子未来配偶的成长过程中，不动声色地往自己喜欢的方向培养。

比如我就经常劝我的"准亲家们"："让你女儿学学跳舞啊！会跳舞的女孩子多可爱啊！"除此之外，我还会劝她们送女儿学画画、学音乐、学朗诵、学写作……因为我感觉我儿子这个大直男在这些领域将会是一块又臭又硬的石头，必须找个有文艺细胞的女孩对冲一下。

如今回想起来，我的"准亲家们"好像也有这类心思，比如有一次听说我儿子学了棒球，她们都很愉快，甚至为了让我坚持，不惜要给我儿子付学费。爱情是纯洁的，尤其是早恋。人家谈恋爱，逛街，看电影，买衣服包包，早恋的亲家可以带娃学习，运动，买《三年高考五年模拟》，其乐融融。

真的，深谋远虑的父母不光投资自己的娃，还投资未来亲家的娃，如今想想，这是大智慧啊。

走上社会以后找对象，风险就不可控了。只有当孩子还在上学的时候，圈子相对小和稳定，才能很容易看出各自的家庭是否势均力敌。

婚姻是经济结合体，是两个企业的战略重组，每一场婚姻本质上都是投资。我来给大家仔细分析一下"婚姻投资学"这门技术。

结婚，对条件相对好的一方来说，是风险投资；对条件略低的一方来说，就是风险对冲了。

当两个条件都不怎么样的人在一起，那叫联合经营，摊薄成本，混口饭吃。

当两个条件好的人在一起时，那叫资产并购重组，有利于做大做强，当然，也可能在分崩离析时扭盈为亏。像海淀著名学校的学生早恋这种事情，相当于两个高净值人群捆绑。

一旦结婚，那就相当于上市，财报是要公之于众的。而目前大部分上市公司的财报都得做两份，自己留一份，冷暖自知；朋友圈一份，天天大红花。生娃后，就是开了个子公司。

子公司经营得好的话，还是可以给财报锦上添花的。但也有很多母公司挺不错，子公司却常年亏损的。要是给子公司投入过高成本，也无力回天，那就要谨慎投入，及时止损，但要想办法找个投资人，平摊成本。我身边就有这样的父母，一看孩子不是学习的料，立马转身去了体制外，各种"高大上"的活动参加起来，通过孩子认识了同学的父母，结识了一众非富即贵者，这孩子只要提高情商，从同学圈子里找个对象，这投资回报率就非常可观了。

当然，我们可不是支持这样割投资人韭菜的方式啊。我们还是提倡自我投资。

我一个朋友非要把孩子送进一个著名的童声合唱团，她有两大理由：1. 弥补自己小时候没有参加合唱团的遗憾；2. 认识合唱团里的小朋友。

我问她为啥这么想认识合唱团的小朋友，她说很难跟我解释清楚，大致意思就是，愿意把孩子送进合唱团，而不是送去一些更功利的学习班的，多数是有点情怀的家长，或者说，能舍得把孩子往文艺方面培养，而不是往军备竞赛方面培养的，家境和家教都挺好的。她也不是指望在这个团体里给孩子物色对象，用她的话说："让孩子多接触这样的人群，物以类聚人以群分，以后她的眼光不会低，漫漫人生路多认识一些优质的人，兴许会走得更顺遂些。"

以前怕早恋耽误学习，现在怕的是婚恋变成扶贫。所以，大家对早一点理清婚恋对象的圈子看得挺重的，这实质上是一种"中产保全自己阶层地位的又一种努力"。就像"科学早恋"这略带荒诞但又让人发出苦笑的新词，无非就是当代婚姻价值观的浓缩体现而已。

整整齐齐

我家爷俩共同对我表示了不满，理由是我最近既不热衷家庭事务（干活），也不参与子女成长（管娃），我这散漫程度，不知道的还以为我是个单身女大学生。

众所周知，钢铁直男的表达方式异于常人，要不是我在这个家待了这么多年，我也不会知道他俩说"你还知道吃饭啊"已经算是一种很强烈的抗议了。唉，也是，最近一段时间除了吃饭，我基本不跟他们照面或聊天。

以前我们家的模式是"俩室友共同抚养一个娃"。现在我们家的模式是"三个室友共同抚养一只猫"。

如果没有我家猫，我们一家三口连个共同纽带都没了，除了干饭，其他时候交流经常靠手机就能完成。唉，房子大就这点好，等你的娃到了青春期你就会懂，家庭人均独立占地面积达到五十平方米以上才能实现民主、文明、和谐、诚信、友善……

最近，我们家这种"人各有志"的局面越发明显，我在我的房间里工作学习，儿子在自己房间里写作业（磨蹭），他爹也在自己的房间里创造剩余价值（玩电烙铁）。

一打开朋友圈，看到别人家整整齐齐地在旅行、在春游、在看电影，好温馨浪漫。再一想，我们家倒是也整整齐齐的——我们整齐地希望不要被其他人吵到。我还是更愿意待在家里，外出活动只能出现得恰到好处，而且要坚持三个原则：低频、低调、低消耗。外出活动只能当成生活的点缀，我的主色调还得是独处。

幸好我们一家人都是差不多的色调，有个朋友就没这好运，她上周还吐槽说老公和儿子黏人，连到楼下遛个狗也非要拖着她一起。我只能劝她耐心等待，谁让她儿子现在才五岁，等到他十五岁再看看。

人到了一定年纪，真的只希望大多数时间各自做自己的事，能一个人想静静待着就静静待着、想集体活动就集体活动，那就是完美生活。

在我开始读心理学之前，我们家还有点人气，因为我会东窜西窜地串联起这个家的热度。但现在，能支撑我东窜西窜的唯一动力就是我满屋子去炫耀自己作业成绩的时候（铺垫了这么多，得秀一下我的成绩）。

其实这成绩对我造成了一些困扰，毕竟学神也有学神的烦恼。第一周得了"超满分"，第二周又是"超满分"。我都慌了，糟糕！老师该不会是想让我直接攻读博士吧！不行不行，我哪里有空啊！到了第三周，我满怀期待能扣点分，结果真是应了那句话："人生不如意事十之八九。"怕啥来啥，你猜怎么着，又是"超满分"……我更慌了,糟糕!老师该不会是想让我去跟他当同事吧!这可不行,我还有一堆自己的工作呢,哪里有空干那个呢!那种内心纠结的感觉,就像我刚参加完高考就看到北大和清华的招生办主任都在我家楼下准备截和。终于到了第四周,我欣喜地发现我的作业被扣了2分!这个作业是关于"自由意志"的,我的自由意志很显然受到了"对满分的恐惧"的裹挟,特意没好好发挥。

人生第一次因为扣分而感到放松,满腹压力竟然得到了消散。我抱着最新的成绩单满屋子乱蹦:"太好啦,我被扣分啦,我被扣分啦!"

他们爷俩看着我一脸狐疑。这也难怪,他们哪里知道作为一个学神的我内心承受了这么多不该承受之重。过了半天,孩子他爹对我说:"你哪里是学神,我看你是学神经了。"嘿,学神和学神经又有什么区别,反正在正常人眼里都不正常。

我的新晋偶像是心理学第一门课的教授。在情人节前夕,他从专业角度解读了一下爱情,最后说自己渴望在恋爱关系中成为被甩掉的那一个,因为据说"被甩的一方通常更痛苦",他愿意做那个背负更多痛苦的人,但他又说了:"可惜一直没有实现。"

为什么没实现?教授留了一个开放式结尾给我们,这是高手。果然,优秀的男人一定不会让人一眼看透。但一眼看不透的男人不一定全都优秀,比如十三姐夫吧,我也猜不透他今天是跟我掰扯数学和物理,还是俄乌关系,但不管掰扯什么,都对我的身心健康没有什么好处。

这类男人就像一本书,读不完(读不下去)也记不住(没啥好记的），就和他读《百年孤独》的感觉类似。所以看不透分两种，一种是很深邃没法看透，另一种是看不看都差不多。

教授给我们讲"存在主义之父"克尔恺郭尔，花了特别长的篇幅介绍了这个渣男的爱情故事。于是情人节那天晚上，我特意给十三姐夫讲了这个故事。

克尔恺郭尔这个"富二代"跟一个十五岁的姑娘相爱，谈了三年恋爱，感情好得要命，然后就订婚了。订婚后这个渣男在家里仰望星空，胡思乱想，突然脑子里冒出了每个人要构建自我本质，要对自我负责，不要随波逐流的想法，换句话说，不能你这个社会觉得我该结婚我就要结婚，这不是我，这是你们以为的我。

你说这是不是个典型的神经病？呵呵，渣男绝不绝，就看他懂不懂心理学。渣男虽然始乱终弃，但他成了"存在主义焦虑"的典范，还变成了"存在主义之父"，更奠定了"人本主义"的基础，名垂千古了。

我口若悬河地讲完，期待十三姐夫从男性的角度说说对这个渣男的批判。他哼哼唧唧了半天，一拍大腿："人才啊，还好他没结婚，婚姻可能会葬送一个伟大的哲学家。"然后又补了句："我要是没结婚，可能也会成为一个伟大的数学家。"

男性的思维仿佛是搭建在自己用积木拼装出来的一个虚空的高塔上，他以为自己站得很高看得很远，却从来不知道在我们女性那些接地气的评价体系中，站得高的不一定叫伟人，也可能只是个云配偶。

原以为我们家只是人各有志，现在才顿悟我们更像是生活在不同平行空间的生物,思维无交集已经板上钉钉。

以前还以为两个生物能通过娃这个纽带而打成一片,现在才知道我们能不打成一团已经很不错了。

从另一个心理学角度来看,男人经常不从女人认为的正常角度去解读一些东西,是缘于男人的天然属性。

从心理学理论属性出发来看,男性在面对压力的时候,要么战斗,要么逃跑,只有女性在面对压力时才会愿意照顾他人和结盟。既然不能跟我们战斗,他们选择"逃跑"也就是唯一的路了。

所以,我也知道为什么我们家两个男性不会选择文史哲,只会埋头于数理化,因为在这个家里,文史哲的天花板已经有我了,他们只能选择逃生。

好在我知道得越来越多,对男性生物的要求就会越来越少。人各有志,放之四海皆可行,即便在三口之家里,也应该允许每个人有自己的一个世界,交集少而精即可,不要过度缠绕撕扯。

我想说,一个中年老母亲如何让自己的生活变得没那么鸡零狗碎和心烦意乱呢?有两个比较容易被验证的渠道:

1. 一个保姆可以解决生活中 90% 以上的烦恼。

2. 一件喜欢的事可以让你抛开 90% 不喜欢的事带来的负面情绪。

缺点是:这两件事都不便宜。

所以,好好赚钱是快乐的本源。

04

灵魂十问

人这一生在伴侣关系这件事上有很多选择，但目的只有一个——让自己活得舒坦。

择偶标准

有一段时间，"李子柒的择偶标准"成了热聊话题，她说自己的择偶标准很简单："善良和孝顺是第一位的，加分项是会挖地。"

听完这话，有人开始"炖鸡汤"了——"挖地的背后，代表了一个优秀女人回归平淡的接地气"，"回归平淡论"竟然都成正能量了……

回归平淡？醒醒，会挖地是人家择偶的必要非充分条件，这不是回归平淡，恰恰是不甘平淡啊。要知道，有多少女人正是在择偶时没有说清楚"会挖地"才导致后半辈子都是自己挖地……那才叫甘于平淡，懂吗？聪明如李子柒，一个小小的"挖地"就是女人的大智慧。你想呀，是要多么有趣的灵魂，才能在满足了各种"基本条件"之后居然还会挖地……连地都会挖，那他得掌握多少感人技能。真的，无论男女，找结婚对象就和找工友差不多，你是想找个什么都会的一线工友，还是想找个老板？

当然，也有一些男性在理解力水平有限的情况下评价李子柒的择偶标准"很俗"："我们辛辛苦苦读书，又勤勤恳恳工作，有身价有品位有房有车，甚至有博士学位，到头来却还比不上一个会挖地的？"

我感觉他们也挺自嗨①的，说得好像只要他们会挖地就一定配得上李子柒似的，更别说他们还不会。

这让我想到了一个朋友和初恋男友的故事，当时她觉得男友邋遢，就对他说："我喜欢爱干净的男生，至少每天能收拾自己的脏衣服和床……"结果那男的说她矫情，要求太高。

由此可以看出，其实有些男人不受欢迎并不是因为他们不会挖地或不爱干净，而是因为他们觉得自己除了挖地和爱干净以外，啥都会，啥都好，于是眼光很高而且不愿受委屈。然而很巧合地，女方需要什么，他们就正好没什么。比如女性希望男人浪漫温情会哄人，他们会说："我为了家庭披荆斩棘忙于事业，到头来比不上一个会哄女孩子的渣男？"如果女性希望男人顾家会做家务，他们会说："我横扫职场降妖除魔多牛，难道还不如一个没出息的宅男？"要是女性希望男人多带孩子多陪娃，他们会说："我天天忙里忙外挣钱养家，我容易吗我？"

你看，当女性说她想要 A，有的男人就会说："我有 BCDEFG，你还要什么 A 啊！女人，你好贪婪！好庸俗！"

当然，我不是纯怼男性啊，很多女人也理解不了男人的点，这

① 自嗨：网络用语。指自娱自乐。

就是人类永远无解的两性障碍。如今这个时代，越来越"硬核"的女人择偶已经不是"找一个人来依靠"，因为她们可以依靠自己，她们择偶只是因为想找一个能补自己短板的。你看李子柒，年入过亿，浑身才艺，能打家具能种地，做饭好吃还会织毛衣，试问这样一个女人，她缺什么呢？她也许就只缺点挖地的力气了。

这就叫"查漏补缺型择偶"——如果你正好能补上，加一分。这预示了未来可能会出现的择偶薛定谔①。

但大家也大可不必过于焦虑，因为关于"择偶标准"这件事，它是会变的。比如我吧，我当年单身时，择偶标准是"适龄，男"。

你看，多么简单，多么纯洁、无杂念。但结婚后，经过了生活的洗礼，我成长了，我的择偶标准变成了"浪漫，有情趣，帅，体贴，会做家务……"但为时已晚。有娃后，经过了生活的再次洗礼，我又成长了，择偶标准变成了"能带娃，能辅导孩子学习，语数外理化生音体美都能搞定，最好还擅长手工和PPT，并且是个小报小能手，还会社交，能和老师打成一片……"但同样，为时已晚。再过十年二十年，经过生活的更多洗礼，我会不会又成长，择偶标准会不会变得更复杂，或许更简单，简单到"话少身体好，自己能洗澡"就返璞归真了。

所以，女孩子们，我想对各位说，关于择偶标准，别总是那么自信和逞能，你们应该听妈妈的话。毕竟，妈妈们吃过爱情的苦，尝遍婚姻的涩，啥玩意儿没经历过。

---

① 择偶薛定谔：比喻在择偶时会存在多种可能性，从而导致面临选择困难。

宋丹丹老师有个小品叫《懒汉相亲》，里面那段"俺娘说了"堪称经典，我现在才明白那位娘真的有智慧，说的全是生活良药、人间指南。

但结婚就和装修一样，结局和理想永远差最后一千米，怎么把最后这一千米走好，是智慧。我在马家辉老师的《鸳鸯六七四》里看到讲"如何把一手烂牌打好"，其中有一段是这么说的："也许世上男女都是在寻寻觅觅的鸳鸯，不管是否相配相称，不理配称多长多久，总要找到了才甘心，不然如何消耗悠悠岁月。寂寞是最不堪的痛楚。"

这就是为什么很多人明知道婚姻会让人失望，还是奋不顾身，只不过，在择偶时说清楚自己要什么，总会好一点。现在好多成熟女性或成功女性的择偶标准，一般人很难用肉眼去识别，但我真见过不少有主见的女孩子，择偶标准基本如下：整体上别碍事就行，但细节上要有画龙点睛之笔。

其实李子柒的择偶标准恰恰印证了这一点，画龙点睛之处就是"会挖地"。未来本就会有三千多万剩男，再加上以后女性都是越来越独立能干，择偶标准肯定会越来越让男人捏把汗。今天李子柒对挖地提出了需求，很难保证明天某个优秀女生又有什么别出心裁的新诉求。在这样严峻的形势下，男性可能需要逐渐拥有一些特殊技能才能配得上优秀女孩的标准，于是男性也会越来越全能，这真是最潜移默化的素质教育啊。

我觉得未来面对选择和被选时，无论男女都要端正态度，如果觉得自己有学历有房子有点颜值就想挑挑拣拣，那你错了。假如将来有个非常优秀的男生，择偶标准里加一句"会用电烙铁更好"，别管他是因为什么情结或是童年受过什么刺激，那么试问各位姐妹，你们是不是会后悔自己从小没学会玩转电烙铁？是不是也想报个班赶紧补补课？

在未来，也许标准答案真的变了。什么是合适的配偶，得看提条件的人需要什么样的工种。即使有了对象也要随机应变，才能稳中求胜，脱颖而出。今天喜欢挖地的，明天也许偏爱挖矿的，还能举一反三，常变常新——亲爱的，你今天想要啥矿，我马上给你挖。

这有点扎心，就像刷了那么久的题，突然发现正确答案变了。更扎心的是，当一个男人参照《当代择偶标准100条》好不容易学会挖地、绣花、做饭、带娃、辅导作业等等技能之后，女人都不想结婚了……

这是一个从点菜变成自助餐的过程，你不挨个吃遍，根本没法去猜对方最喜欢哪道菜。

但谁也不能放弃自我拓展，否则没资格成为出题人。不管男人女人，谁出题，谁牛。

我已在后院动土，决定带领儿子一起学种土豆，多会一个工种，多存一份保障，我们种的不是土豆，是希望。

灵魂十问

一个南京的朋友告诉我，她最近陪妹妹去登记结婚，长了很多见识，感觉现在结婚，学术氛围可真是太浓厚了。登记处不但有"新婚学习区"，有资深老师进行一对一教授，还有一份神叨叨的，哦不，沉甸甸的"爱情问卷"，让新人们顿时有了暴击灵魂的仪式感……完全可以把这看作"婚前辅导班"。

"辅导班"问卷上列出的十道灵魂大拷问思考题，我那个结婚七年的朋友看了之后大呼"好家伙"，瞬间感觉婚姻登记处这个原本平淡无奇的单位忽然披上了哲学的霞光，显得神圣起来。这"灵魂十问"大致是这样的：

1. 我可以很清楚地说出因为什么和现在的配偶结婚。

2. 知道配偶目前面临的压力。

3. 知道配偶生命中三次以上的重要时刻。

4. 觉得配偶很了解自己。

5. 配偶有很多令我欣赏的地方，三点以上。

6. 我喜欢和配偶共同讨论问题。

7. 闲暇时光，我期待与配偶一同度过。

8. 如果配偶某一天过得很糟糕，会告诉我。

9. 我能倾听配偶诉说并尽力理解配偶的想法和抱怨。

10. 配偶经常在解决问题方面给我帮助。

我看完之后的第一反应是：幸亏是结婚前做这张问卷。如果是结婚后，恐怕很多人看完第一题就想站起来把卷子吃了。

第 1 题，"我可以很清楚地说出因为什么和现在的配偶结婚"。太萌了，就好像问："你能清楚地说出为什么自己上了一所职业技术学校却没上清华北大吗？"

不客气地说，如果我在结婚前就拥有婚后十年的眼界、格局、智慧、阅历、经验，那么恐怕我不会选择这个配偶，而是会选择"再看看"。如果没啥看头，那我可能会和我的事业、我的财富、我的自由结婚吧。当然，对配偶来说，他可能也同样是这么想的。

后面的大部分问题，性质都差不多，可能对新婚的年轻人来说，这些问题都充满了情感色彩和唯心倾向，让他们感觉到爱的厚重、责任的伟大、互相了解和包容的深邃，简直太引人深思了！但我想，当他们结婚多年后回过头来再看看，才能真正理解那些问题中潜藏着的深意。

比如第 4 题，"觉得配偶很了解自己"。有一次我看到一个视频，一个女生讲述"遇到了 Mr. Right（对的人）"的喜悦，那个 Mr. Right 只认识她几天就充分了解到她早上只喝红茶配牛奶，吃火锅无辣不欢，夜宵一定要有肉，冰激凌爱吃抹茶味……她觉得"这么努力了解我的男人，应该是命中注定的 Mr. Right 吧"……姑娘啊，你以为你这是餐厅老板娘招聘厨子呢？婚姻里哪有什么真正的 Mr. Right，多数只能有两成，好一点的能达到五成，其余的就只能靠我们自己往中间地带靠拢，到头来能让你庆幸的可能不是他是你的 Mr. Right，而是："太棒了，他还不算太差……"并且你会惊奇地发现："别人家的老公好像看起来更像是你的 Mr. Right……"

等结婚三五年，进入柴米油盐瓶颈期，有了小孩来添乱之后，相信我，你说得最多的一句话可能就是："你根本不了解我想要的是什么！"所以说啊，千万别要求某个人全面了解你，因为人都是会变的，就像婚前小鸟依人的女生，婚后也有可能变得十分彪悍。你叫配偶理解你？算了吧，你也理解不了他的心理落差啊。

又比如第 7 题，"闲暇时光，我期待与配偶一同度过"。啧啧啧，真是史上最大的废话。这话问新婚宴尔的小夫妻，那不是白问吗？他俩不就是因为想 24 小时腻在一起才结的婚吗。这话应该问我们这样的中年夫妻啊！记住，中年夫妻才是婚姻的真相。闲暇时光？期待与配偶一同度过？实在对不起，绝大多数的成熟、理性、平稳、真实的婚姻（比如我和十三姐夫这种婚姻）——配偶不在身边的时候才是自己的闲暇时光。

这问卷，都不考虑人是一个不断变化的物种，现在的回答和五年、七年、十年、二十年后的回答，可能会大相径庭。无论怎样的回答，都不会阻碍人类迈入婚姻的步伐，当然，也不会阻止一些人走出婚姻的步伐。

比如"我可以很清楚地说出因为什么和现在的配偶结婚"：

婚前——因为他 / 她就是我要找的人。

婚后——因为当初瞎了眼。

比如"知道配偶目前面临的压力":

婚前——没有压力。

婚后——我就是他 / 她的压力,他 / 她就是我的压力。

比如"觉得配偶很了解自己":

婚前——他 / 她了解我胜过了解自己。

婚后——他 / 她连自己都不了解,更别说了解我了。

至于后面几道"升华"的题,例如第 8、第 9、第 10 题,"如果配偶某一天过得很糟糕,会告诉我""我能倾听配偶诉说并尽力理解配偶的想法和抱怨""配偶经常在解决问题方面给我帮助",我给各位描绘一个包含了以上三个问题的实际应用场景吧。我跟配偶说:"我今天累得心慌头疼焦虑烦躁。"他会说:"少看手机,缺乏运动。"

你看,我过得糟糕告诉他了吧?我倾诉自己的想法和抱怨了吧?我也在试图从他那里得到解决和帮助了吧?而配偶那永恒的单纯与专一停留在了指导我多运动和远离手机。如果知道了这才是婚姻的终极答案,那个充满仪式感的问卷还有多少存在的价值啊?!

可以这么说,"婚前辅导班"只能给出一些形而上、假大空的宏观指导。而婚姻里真正的难题,就算是开卷考,你翻遍"婚前辅导教科书",也找不到一个有用的标点符号。

"知道配偶生命中三次以上的重要时刻",这个多少有点挑事吧,没什么特别重要的时刻的人,是不是还不配结婚呢?我知道那玩意儿还不如知道"我的到来是不是他生命中的重要时刻"。

"我喜欢和配偶共同讨论问题"，这是自讨苦吃吧，我有跟他讨论问题然后生一肚子气的工夫，不如我自己先把问题解决了，善待乳腺和脑细胞。

其实我们都明白，国家为了让婚姻稳定，给大家打好预防针，真的操碎了心。这就有点像某种免责条款，又有点像某种终身质保——

结婚前我可是给你们上过"辅导班"的，你们对着这十条灵魂拷问，摸着自己的肚子想想清楚，以后万一要离婚，再摸着自己的肚子回忆一下当初自己回答了"是"的问卷，你们还好意思离婚吗……

纸上得来终觉浅，结一次婚才是真。

婚姻就像一个不讲武德的突击考试大拼盘，会随时随地抽测，平时学习不认真、复习太敷衍的人，都过不了。

也许有人以为，上了"婚前辅导班"，就是赢在了起跑线上，能轻松应对婚姻里的各种小考大考。对不起，"辅导班"的补习都不让超纲，可考试考的永远是超纲题。教的都不考，考的教不了。

没用的一教就会，有用的一学就废。学废了你就不结婚了，结婚率就下降了，那可不行。

做这种问卷，还不如直接完善法律，然后在结婚前来一次普法就完事了。比如"丧偶式婚姻""诈尸式育儿""空降式指导""意念式恩爱"……全都得写进《民法典》婚姻家庭编，加一个"违法行为"栏，处罚手段写具体点。

当然，不只包含这些，促进婚姻和谐共生的细枝末节还有很多，全都写进《民法典》。"婚前辅导班"就负责组织大家一起大声朗读，然后背诵、考试，及格的就登记结婚，不及格的说明不配结婚，让他们回去冷静。冷静期就设三个月，不能再短了。这样其实挺好的，结婚率可能降低了，但高质量婚姻的比率提升了。低质量婚姻少了，离婚率不也低了吗，挺好的。

其实，所有精神较为健康、内心较为强大的已婚女性，一直致力于描绘婚姻真实的面貌，从不避讳自黑、自嘲。但婚姻和家庭，除了一地鸡毛，也总会有幸福感、安全感、依偎感。苦的拿出来吐槽，让别人高兴高兴；甜的留着自己享受，一般不让人知道。真正的勇士是在看透生活的本质之后依然热爱生活，各界不必对婚姻的本质遮遮掩掩，应该大大方方，要对大家充满信任，谁还不是"明知山有虎，偏向虎山行"的好汉？

禁忌话题：爱情

在我心理学硕士的课程里有一门课叫"积极心理学"，这门课对我这种已婚女人来说，是最容易拿分的，里面好多关于积极情绪啊，沟通啊，幸福感啊，人际关系啊，等等话题，在写讨论作业和小论文的时候，都不用打腹稿，上来就能理论结合实践……哎，也不知道这到底是好事还是坏事。

我自我感觉饱经沧桑、洞悉人性，区区一门心理学课对我来说不在话下。果然，这门课我差点拿到了满分，然而 A+ 的漂亮成绩没能让我欢呼雀跃，因为发生了一件很讽刺的事——考试中我唯一扣分的题，居然是关于爱情的。

当爱情和考试融为一体，这触碰到了我的逆鳞。

斯滕伯格的爱情社会建构理论，我好像学会了，但又好像没学会。我能答对考卷里那些更难的题，比如亲社会谎言、班杜拉研究、同理心、卡巴金、霍桑研究、依恋理论、心理韧性、拓展建构、坎农-巴德情绪理论、防御性悲观、催产素和多巴胺……甚至连阅读理解题我都全对了，但我却做错了一道关于爱情的考题！我犯了低级错误，复习时我觉得爱情理论很简单，我就没看。

毕竟这把年纪了，还有啥不懂的？而且都经历了这么多年婚姻了，有什么爱情考题还能扼住我"命运的喉咙"？没想到真扼住了。

题目问：下列哪一个例子更难用斯滕伯格的爱情社会建构理论来解释？

A. 一对从不吵架的夫妻，但是丈夫认为爱情就是互相吸引、彼此追求，而妻子认为爱情应当是无微不至的陪伴。结果，当丈夫遇到一个追求自己的人的时候，很快就选择离开了妻子。

B. 张三和韩梅梅，他们发现彼此的血型、星座和生辰八字都是如此匹配，因此选择走到了一起。

C. 一对恋人从小青梅竹马、两小无猜，两个家庭也非常愿意看到两人最终能够在一起。尽管两人分分合合，最后两人还是在父母的催促下走到了一起。

D. 已经订婚的一对男女朋友，当谈到买房子的问题的时候，男方认为双方可以不依靠父母而靠自己打拼，可以先租房子；而女方认为双方都可以依靠父母换取更好的生活，而男方不愿意让父母承担买房子的费用，其实就是对方一家人对自己的轻视。结果双方的感情逐渐破裂，最终分道扬镳。

出题的时候，老师脑子里大概播放了好几部四十集大型伦理剧。从老公劈腿、始乱终弃，到青梅竹马、久经考验，再到了为买房分道扬镳，甚至连张三和韩梅梅的生辰八字都能给编出来……这些爱情的谜团绕得我七荤八素。

这个年纪探讨爱情的理论，就像让我在一锅鸡汤里舀出一碗纯净水一样。是，鸡汤里曾经倒进去过水，但谁能舀得出来？

这题做错了我不怪老师挖的坑太大，怪只怪我轻视了爱情的复杂性，以为尽在掌握，实则糊里糊涂。正确答案是C。

这个爱情社会建构理论的意思就是爱情是什么不能由社会约定俗成，得由每个亲历者自身下定义。尽管老师在答疑课上已经给我们讲解过这道题错在了哪儿，我依然没搞明白。也许就连教授在编这些伦理剧情的时候也已经晕了吧，连他自己也不一定说得清楚爱情那点事。

也许爱情就是这样，总能给出一个令人心有不甘的答案。

其实我是想要正经给大家讲爱情的。自打我们这门课学了爱情，同学们经常会探讨自由意志与爱情的关系，有人总结说：爱情是玄学，是谎言。

我觉得挺有道理，结婚之前都以为自己找对人了，结婚之后都觉得对方好像不适合自己。是我们变了吗？怎么这么巧合地统一变了？这就是玄学。

爱情会消失吗？不一定是消失，可能只是转移了、升华了、冻结了。结婚誓言里那句爱情的"永恒"是不是谎言？这是人性。不要考验人性，考验人性的人都是没有人性的。

婚姻捆住了手脚、按住了灵魂、剥夺了自由，世上再美丽的其他爱情将与你无关，这是一种剥削，有道德感的人都无权背叛。

但爱情到底是什么？有人说，我们会给自己列出一个标准清单，告诉自己我喜欢的人应该符合ABCDE等等标准，但当我们遇到爱情的时候，那些标准可能都不符合，但依然产生了爱情——所以爱情是打破自己的标准。我觉得不对。爱情不是打破标准，而是我们根本不知道自己的标准是什么，直到爱上一个人时才发现自己真正的标准。爱情其实是我们认识自己的过程。在此之前，我们所有的标准（比如外表、学历、财富、幽默感等等）并不一定是对爱情的标准，那只是世间大众的标准。我觉得一个男人帅才是我爱他的标准，我就一定会爱彭于晏吗？不，我也许会爱上一个长相普通的男人，只是因为他聪明，这时我才发现，好家伙，原来我是一个"智性恋"！

心理学的实证研究里还没有一项研究能解释为什么对某个人会在大脑奖励中枢产生多巴胺和催产素，而对另一个人不能。你的多巴胺和催产素会明明白白告诉你：你以前的标准不对，你要听大脑的。你看，爱情是让你发现真正的自己的一个工具。

人为什么要结婚？因为爱情还有一个功能：暂时性蒙蔽。

当你发现了自己的真正标准，发出感慨：啊，原来我就是爱这样的一个人。这时你多巴胺和催产素那块区域已经红得发紫了。

但时间会让这种暂时性蒙蔽褪色，你对爱情更深一层的标准又会再一次暴露，于是你对配偶有了怨言，把他的缺陷放大，然后怀疑爱情消失了，觉得婚姻是个假象……所以，爱情消失了吗？也许爱情压根就是在逗你玩。

再说说婚姻。为爱而结合的婚姻，只是一个现代概念，古代没有。从卢梭开始才有了自由恋爱这回事。成人的爱情是一种对欲望与爱的冲突的解决，是拒绝重复或取代。那为什么有的婚姻幸福，有的婚姻一塌糊涂？理论上说，斯滕伯格把爱情分成好几种——迷恋，亲密，承诺。

斯滕伯格还写了本书，我刚买回来看，名字叫《爱情是一个故事》，他说爱情没有编制，每个人都有自己对爱情的理解和故事。

这本书要是有用，我考试也不会被扣分了。所以，每个人对爱情故事的判断和理解真的是各有千秋。理论是理论，爱情是爱情，婚姻是婚姻。年轻时很多人（尤其是女孩子）以为没有爱情就没法活了，或者活得没意义，但是我相信，结婚多年后她们会发现比起爱情，舒适的生活才是活着的支柱。

有一天我突然想吃个小点心，让老公去买，他问在哪儿，我说石门一路 S 记饼家，他说现在没空，下次路过再说吧。后来我找了外卖小哥帮我买了，小哥不到一小时就送到了我家门口，还加了微信，说以后不管我想吃什么都可以直接找他，他会给我送到家。

你看，这是爱情和婚姻的区别，爱情就像是外卖小哥，是无论何时"直接找他"，而婚姻是"现在没空，下次再说"。而对已婚多年的我们来说，生活里大多数时候需要的只是一个有求必应的外卖小哥。我不会因为小哥有求必应就爱上他，那是因为我知道爱情已不是必需品，他给我提供的情绪价值才是。

换句话说，婚姻也不是必需品，自己能感受到的幸福才是。大多数老夫老妻有爱吗？肯定有，但不多，大部分是相互陪伴带来的习惯感，换个人可能还要适应好久，想想还是别换了。

说回正题，爱情这道题我被扣分一点都不冤，当初年纪小还不懂爱情，后来跳过理论铺垫直接懂了婚姻，也就没机会再去懂爱情了。爱情和婚姻是本质上完全不同的两个事物，甚至是冲突的事物。这里有个不幸的结论：原来婚姻和爱情不对等。

但也有个好消息：只要别老在婚姻里拿爱情说事，就会少一些烦恼和纠结。在婚姻里，考虑责任、自律、伦理就完了，其他的别想那么多。

结婚十年后你和老公之间到底是爱情、亲情、战友情还是病友情都不重要，重要的是这是一个家庭，能不能过的评判标准不是有没有爱情，而是能不能离。按照斯滕伯格的理论，没有人可以定义好的、坏的、成功的、失败的爱情。

那么按照我的理论，没有人可以把婚姻标准化。我们不一定能活出朋友圈里那种恩爱秀不完的婚姻表象，但每个人都有自己诠释婚姻的方式。别管是爱情还是婚姻，建立自己的体系，爱也好不爱也好，结婚也好离婚也好，不参照别人，找到自己的婚姻人格，才能活得不拧巴。

高开低走，宽进严出

周末我朋友带她娃来跟我一起吃饭，她八岁多的女儿刷着视频发出各种感慨：

"人家的爸爸做饭真厉害，他要是我爸爸就好了……

"这个爸爸英语真好啊，要是我爸英语也这么好就好了……

"人家的爸爸自己会画绘本，他要是我爸爸就好了……"

我朋友吃着饭都听不下去了，对她女儿说："好了好了，不要羡慕人家了，你就这个命，摊上了这个爸爸，以后你还是多指望我吧，对我好点。"

我悄悄问我朋友："那你老公会什么？"

她说："干啥啥不行，出差第一名。"

我和朋友聊起了她当初是怎么看上她老公的。她说："成熟，话少。"我说："这不是挺好的吗，说明还是有亮点的。"她说："当初的成熟到现在就是老气横秋，没有趣味；当初的话少到现在就是闷葫芦，跟女儿都不知道说啥。以前觉得他稳重，现在发现稳重过头

227

了，除了体重在长，别的都在原地踏步，十几年来没有进步，高开低走。"

唉，其实也不是高开低走，是女人的进步太明显。所以，我们也别老抱怨男人会变，人家其实没变，但不变才是问题。女人才是最会变的那个，变得更独立、更能干、更有思想境界，自然就看那个不变的人不爽了。

同一个男人，在不同时间段，甚至不同地理位置、不同环境下，都能被我们下不同的定义，就像在做小变色龙实验，不管他是谁，都能被我们想办法发现不一样的颜色。

当初千挑万选，找了这么个稳重的、成熟的、话少的……一旦结婚，算了，什么优点不优点的，日子能过就过，不能过也先凑合过，过着过着就出台离婚冷静期了，老天都让你离婚难。就像高考一样，当初千军万马抢一座独木桥，好不容易抢到了，挤进去了，一旦进了大学就以为是人生赢家一样放飞自我，能学就学，不能学也凑合学，学着学着就毕业了，都不用你费多大力气。严进宽出，睁只眼闭只眼也就走完了人生的大半。

对女人来说，自以为精挑细选的配偶，一定会在婚后投桃报李的吧。结了婚才知道，好家伙，原来自己才是投桃报李的那一个。但又能咋样，本着严进宽出的原则，继续修炼呗。

但是从男人的角度来说，正好相反，他们对另一半是宽进严出。谈恋爱时男人会把所有优点放大，就算是直男也能让你感觉挺浪漫的，嘿，小女孩真的纯真包容。他不会对你提要求，你还以为他觉得你是上天赐给他的礼物。

一旦结婚，你就不是礼物了，你就是个合伙人。男人对老婆的各种标准就会瞬间提高——最好立马蜕变成一个懂事的妻子、孝顺的儿媳、生育一条龙自动化程度很高的流水线，然后还得把孩子教育好，同时兼顾家庭与工作……就算嘴上不说，大多数男人的内心都是有一套标准化要求的。

结果就是，你做得很好他们可能觉得是应该的，你做得不够好他们会觉得你不称职。什么是职？老婆的职应该是什么？法律没有给出条例，但是男人的心里自有一套标准。

娶媳妇前：只要是个女的就行。

娶回家之后：三头六臂才行。

宽进严出，就是男人对待婚姻和配偶的内心戏。

这就是为什么有不少男人可以对自己缺少家庭付出而心安理得，因为他们在婚姻里是严进宽出的那个人，人家觉得一旦领了结婚证就万事大吉了，可以放飞啦。而女人往往重感情、重责任，进入宽进严出的婚姻之后更想努力把家经营好。

爸爸可以肆无忌惮地出差、不着家、不陪孩子、不像"别人家的爸爸"那样让孩子找到骄傲的理由，他们也不会觉得心里不安，甚至会感觉"我在养这个家，我才是最不容易的那个"……

但妈妈们同样在赚钱养家，就不会肆无忌惮地逃离，也不会不管家不管孩子，会想尽办法多陪伴一些，看到"别人家的妈妈"有啥本事也会尽量去靠拢，不让孩子失望。

婚姻里注定是不公平的，小到基因，大到道德观，都决定了女性是对自己要求更严格的那个。

但我并不认为男性不可以被训练。

开头提到的那个朋友，嘴上说不要，身体却很诚实，对老公照顾得无微不至，根本就不用他做什么家务，更不需要他带孩子。所以说，很多老公的严进宽出，都是老婆惯的。

而很多女人的宽进严出，也都是自己在跟自己较劲。

其实现在的大学都没那么轻松了，不但进门严，进去之后也不能放松，竞争很激烈，松一松就把前途松没了。婚姻也有这个趋势，以为进入婚姻之后就可以高枕无忧、不用努力就能躺赢的男人，将会越来越多地被回归单身。

因此，无论男女，幸福都是自己争取来的，大家还是得心里有数啊。

参照物

　　我的心理学教授很欣赏我做的《性格优势实践反思报告》，说我写得"有特色"，邀请我周末给同学们做分享。

　　谁懂啊！这可比我儿子的老师夸他作文写得好并邀请他给同学做分享要开心和刺激多了啊！毕竟，我儿子的老师从来没有夸过他作文写得好……你看，这个家的写作担当，还得是我。

　　我捧着教授的邮件上蹿下跳，决定必须抓住这个机会巩固一下家庭地位。我掐指一算，家里的活物就这么几个，我得挑个情绪价值最高的，不动声色地分享我的嘚瑟。

　　于是我在家里转悠了两圈。

　　最后给我家柚子（猫）读了一遍教授的信。

　　这就是为什么中年妇女应该养猫，你会发现，有时候只有跟它分享你的喜悦时，你的喜悦才不会被冲淡。嗯，全家最有情绪价值保障的就是它了。

　　如果我去跟儿子分享，他的反应可能比柚子更平静，这会让我感觉自己作为一个老母亲不够矜持和稳重。

而如果我去跟老公说，他在听我激情陈述完整件事之后，可能会淡淡地飘出一句："听说了没，那个谁可能要蹲一百多年的监狱。"

唉，一个不如一个。

不过我反思了，我也有责任。

如果一个中年妇女习惯于优秀，老公和孩子也会习惯于这种优秀，当你炫耀优秀的时候，他们一点不觉得稀奇，毫无共情。只有当你比惨、吐槽、陷入困境的时候，他们才会有发挥的欲望。

前段时间，百度邀请我参加文心一言的测试，并且谦虚地跟我说："文心一言还处在训练初期，希望听听你们的意见。"

我想，试试就试试，于是我问了它一个问题：结婚的好处有哪些？

然后文心一言就开始思考了。

它的那个小竖标就开始闪啊，闪啊，答案迟迟不出来……它继续闪啊，闪啊，我就等啊，等啊……我有点慌，它不会回答不了吧？只要它不尴尬，尴尬的就是我啊……它一直闪了足足十八秒……终于憋出了答案。

好家伙，对一个机器人来说，十八秒已经可以做完一套《五年高考三年模拟》了，而这位"大哥"面对"结婚的好处有哪些"时竟然迟疑了这么久。

情有可原，毕竟从计算机程序逻辑和人工智能伦理要求等方面来讲，机器人是不能撒谎的，它不能瞎编，必须编得合理一点。

它给我编了六条"结婚的好处"，一开始，我只是想把其中一些不太认同的地方画上线。画着画着……六条全都被我画上了……

1. 两个人在一起的话，家里就变得有活力了。

2. 有人陪伴，可以分享自己的喜怒哀乐。

3. 家里会多一双筷子和一个碗。

4. 可以包容对方的缺点。

5. 当你变老了，伴侣会照顾你。

6. 你们的孩子会把你们当成最好的父母。

果然，它确实还处在训练初期，不光需要训练，还需要修炼。你自己看看你说了什么，"多一双筷子和一个碗"算什么好处？我养只猫都能多三个碗……

我突发奇想，不如去问一问十三姐夫。

为了引导他积极正面地思考问题，我还特意渲染了一下氛围，我说："结婚的好处有很多，你能说出其中一条吗？"

他想了一会儿，憋出了一句话："老丈人做饭好吃算吗？"

行吧，无论男女，"结婚的好处"都是一个送命题，机器人在十八秒内能编出六个好处，已经算真的很厉害了。

至于其他几条"好处"，我觉得其实都是动态变量，比如"有活力""可以分享""伴侣照顾"……这些都是分时段看场合的。

就像我在家的"分享欲"为什么越来越少了呢，说实话，"话少"是家庭和谐稳定的一个重要指标。就像尼安德特人，他们的家庭很稳定，就是因为语言不通，一天到晚拖家带口却闭而不语，才成就了彼此的不离不弃。

老夫老妻话少是真的。

每当夜幕降临，连亚马孙河流域的凯门鳄都调好了交配的闹钟，而大多数中年夫妻却可能一个坐在书桌边，另一个躲在厕所里，各自捧着手机，同时希望孩子有啥事先去找对方，别找自己。

放下手机，夫妻俩相隔几米距离，却说不上一句话……

早上，中年人睁开眼，打开手机，在朋友圈里给别人的"每日鸡汤"和"打卡减肥"点个赞，却不会跟旁边那个人聊聊今天的计划。

婚姻，一开始确实可以让人产生分享的欲望，但也会逐渐消磨这种欲望，最终实现彻底的发自内心的宁静。

有人可能要说了："既然老公连分享的价值都没有，为什么还留着他？"

因为他本身其实就是我们结婚的好处之一。

下面让我来告诉你，结婚到底有哪些好处。

第一，你会获得一个知根知底的室友。

如同上下铺的兄弟，平时维系感情靠的就是两个字：义气。

尽管不怎么亲密接触，但他们和平共处，互不放弃，只能自己挤对，不允许别人欺负。

就像拜过把子的兄弟，没事的时候各自安好，有事就说话。

第二，你会收获一个懂事、知分寸、讲规则的兄弟——"帮不上忙没关系，能别添乱就行"。

彼此都最了解对方的脾气、喜好，能判断家庭琐事和大是大非，掌握瞬间察言观色的技巧——对方高兴的时候，说啥都行；对方陪娃写作业的时候，最好闭嘴，拿起拖把静悄悄地干活是此刻最好的选择。

你若安静，便是晴天。

在必要的时候出个差、加个班，在另一些必要的时候待在家里哪儿都不去。至于这些"必要"如何区分，那就是达到这层境界的夫妻才有的和谐秘方。

第三，你还能收获一个好战友——有孩子的最大好处就是锻炼和战友的默契程度。

在经历了无数个带娃的日日夜夜及反复挫败之后，我们只需一个眼神就能进行灵魂的沟通——今天你上还是我上？你上？行，那我下次！加油！

看着对方走进娃的房间一顿排山倒海，内心仿佛又相信爱情了。

是什么能让一个人"舍身取义"，用自己唱白脸的方式来换取另一个人的片刻安宁？是中年夫妻的战友情。

在背后有彼此支撑的"带娃之交"中，我仿佛听到了孩子的每一声哀号都是悠扬的"山无棱，天地合，乃敢与君绝"……

第四，也是最重要的，你收获了一个参照物。

在婚姻面前，年龄不是问题，体重不是问题，肤色不是问题。那什么是问题？

最大的问题是知识素养水平的参差不齐，导致一个还能在娃面前地位崇高，而另一个已经甘愿望尘莫及。

如果不是因为孩子他爹是个音乐盲，我的音乐造诣在家里不会有如此稳如泰山的地位；如果不是因为孩子他爹文科不好，我的作文水平也不会那么快达到可以指手画脚的高度。

同理，如果不是我故意在理科方面放水，孩子他爹在这个家也失去了最后一点耀武扬威的可能性。

婚姻最大的好处是，我们那些在外面很难有所成就的东西，在家很方便就有了相互成就的机会，分别获得了各自想要的某些尊严和自信。

然而，哪怕再平淡如水的老夫老妻，也会有泛起涟漪的时候。比如我捧着教授的邮件开心很久时，孩子他爹其实也会很好奇地来打听——

"到底是什么教授，能让你如此高兴？"

"就是我的宝玉教授。"

"宝玉？还宝玉？哼！"

你看，此时此刻，连全球局势在他心里也会暂时失去颜色。这说明什么？说明已婚女人必须不断学习进步，提升自己。走自己的路，让老公追去吧。

我自己的路走得是有点相对嘚瑟的，这么多年，我老公一直兢兢业业地在工作岗位上加班加点，我一直兢兢业业地创业和学习。而且自从读了心理学硕士，我胆子也变大了，以至突发奇想就能直接给马丁·塞利格曼写封信。

这么说吧，如果你知道精神分析界有个弗洛伊德，知道物理学界有个牛顿，知道生物进化界有个达尔文，知道公众号界有个人间指南中年挚友叫十三姐……那么，你就必须知道当代主流心理学流派——积极心理学界的鼻祖和大牛叫塞利格曼。咱们现在整天琢磨的那些关于幸福、乐观、同理心、积极情绪、积极教育等等研究理论，基本都和他有关。是的，他还健在，和我一样。

我一顿操作猛如虎，手起刀落，浑身是胆。在给塞老的信中我提出了关于积极情绪与过度乐观的探讨，这是一个相当表面的学术话题。没想到，第二天，我居然收到了塞利格曼的回信。

想象一下，塞利格曼一边微笑着在心里默念"这个学生真是初生牛犊不怕虎啊"，一边在键盘上敲打出了关爱晚辈系列的慈祥语录——"纸上得来终觉浅，绝知此事要躬行"。

不愧是积极心理学之父，一句话就像一篇论文。

这可是我的电子邮箱的高光时刻啊！我想了想，上一次这么高光，还是收到教授的邮件，请我在答疑课上分享优秀作业。再上一次这么高光，还是收到娃的学校通知，说我获得了"好家长"称号……

你看，中年妇女的几种高光方式，都在我的邮箱里留下了痕迹。毕竟像我这样能在刚读了十二分之一点五的心理学课程之后就开始跟大师谈论学术话题的，多少也算是为中国中年妇女团体争光了。

我必须跟所有人分享喜悦——抓住这个机会显摆一下。遇到这种事，按惯例首先得发个朋友圈。不出所料，朋友圈里知道塞利格曼的和不知道塞利格曼的都来捧场了。我的朋友圈里出现了今年以来频次最高的"厉害""羡慕""真棒""太牛了"……

正当我沉浸在无限快乐之中无法自拔时，唯一不和谐的声音出现了——孩子他爹在朋友圈里留下了他的评语："洗衣机里的衣服晾一下。"

他让人醍醐灌顶，他给人当头一棒。当所有人都在对你的高光时刻叹服时，只有你的老公会记得让你晾衣服。当全世界都在关心你飞得高不高时，只有你的配偶会关心你家务活还能不能干好。我老公此刻的座右铭是：她强任她强，衣服还得晾。

在他自己心里，一定认为他的存在如一盏矗立在海港之畔的明灯，在缥缈无垠的虚空天地之间为我照亮精神的前路，让我不迷失方向。中年妇女难得有个能嘚瑟的事，存在感还没刷到一半，就会有个空灵又接地气的来自上帝视角的声音对你呼喊：别在上面飘了飘了了了了……快回来回来来来来来……衣服还没晾呢没晾呢晾呢呢呢呢呢呢……

老天爷让我结婚，是为了派个男人来给我悬崖勒马的吗？

我老公的使命，可能真是上天派来把我从每次修仙成佛的边界瞬间打回凡人。他还挺自我感动，觉得他这叫不忘初心，砥砺前行。

就连我好不容易瘦了三斤，兴高采烈地显摆一下，他也能说出"过几天能反弹六斤"这样的话，总是能巧妙地在我即将迷失于诗和远方的关键点上，严丝合缝地糊我一脸苟且，让我别飘。

人总是慢慢成长的，很多事身在其中时只会情绪化对待，比如以前我就觉得这个男人是个不解风情也不懂共情的大直男，不可救药。但我们一旦成长了，就会开始反思，也开始改变。

我最近一直在跟大家聊"积极建设性反应"的作业，在做这个作业的过程中，我脑海中浮现出很多我老公的破坏性反应画面，可惜这个作业是反思"我自己的破坏性反应"。

于是我一边反思自己的反应，一边找到了解药。解药就是：你要明确表达抗议，还要适时提出诉求。

比如前段时间我练琴，花了很短的时间练完一首新曲，我就跟他们爷俩炫耀："我现在技术越来越炉火纯青了。"结果我老公一如既往、不假思索地说："有啥用？你又不当钢琴家。"

我立刻认真严肃地对他说："我正在做积极建设性反应实践作业，我会尽量对你给予积极建设性反应，也请你配合我提供积极建设性反应，而不是破坏性反应，否则就会影响夫妻关系。破坏积极情绪，严重者可导致家庭破裂，分崩离析，毁掉子女一生，万劫不复，覆水难收。请你自重，并重新组织语言，谢谢！"

好家伙，孩子他爹也没见过这么大的场面，一听这个，马上问我："什么……什么是建设性反应？我应该怎么反应？"

然后我就手把手教他："你应该这么说——哦，太棒了，说明功夫不负有心人，相信你只要勤加练习，技术一定能更上一层楼！儿子，看看你妈多有毅力，她是你的好榜样，你以后要多学习妈妈这种坚持不懈、追求卓越的精神啊……"

他们爷俩当时，怎么说呢，表情中就有一种怕我不来又怕我乱来的感觉。

所以说，不要管老公关不关心你飞得高，你都要自己飞得高。多学习，多拓展自己的广度和深度，这样他们对你的看法就会产生很大转变，从而进一步巩固你的家庭地位。比如，以前我老公会偷偷摸摸跟儿子嚼舌头："你妈今天有点不对劲，不知道哪根筋又搭错了。"现在他俩只会悄悄说："你妈今天有点不对劲，肯定是又开始做什么作业了。"你看，有了知识和理论背景之后，偶尔的随心所欲都变得更轻松了，因为他们可能觉得我是为了完成某项实践报告而正在做实验。

所以说啊，大家只知道知识改变命运，却可能并不知道知识还可以改变配偶和娃的命运，这才叫真的实现了"学习使我妈快乐"。

悄悄地成长

有一阵子我连续做了几次直播，第一次直播时我透露了近期我感冒咳嗽的事，一开始我没当回事，以年轻时的惯性思维以为多喝热水就能好，后来还是认命地吃了抗生素才有所好转。

下播后，打开后台一看，又好笑又好哭。后台一水的留言，全是治咳嗽的偏方。有的说枸杞炖苹果，有的说罗汉果炖梨，有的给了花椒蒸梨的图文解析，有的画出了热敷的点位，还有的说去找中医推拿，连推拿诊所的地图都发来了……好家伙，就差直接跑到我家来给我把脉了！

第二次直播时我透露了自己那一天的行程，说最近老跑医院，因为我婆婆刚查出了重病，我和我老公最近一段时间跑医院已经是常态。我们俩现在都在自学恶补医学理论、基因知识、EGFR（表皮生长因子受体）突变、靶向药的区别，以及各种相关的知识点。

我以为这属于冷知识，没想到直播完之后，居然也收到了一大拨人热心的指点，有人推荐了靠谱的医院和医生，有人给出了类似案例和经验……

我首先是非常震撼，原来很多人其实都面临着或经历过这些事。其次是心疼，中年人真的很少有日子过得完全轻松的，哪个满腹看病经验的中年人背后不是一路的摸爬滚打和咬碎牙往肚里咽啊。

结婚之后你会发现，单身时候一些大惊小怪的问题，在婚后会变得越来越渺小。已婚女人们开始慢慢摸索，做一些能够省时省力的研究，多半可能也改变不了状况，但能获得内心的平静。时间一久，只要一提和身体健康问题相关的事，准能立马炸出一群"半仙"老母亲，她们半生的求医经验和自我提升总结出的各种江湖医术，如果找个专业人士给整合归纳起来，兴许可以拯救一半地球人。

已婚女人不仅是哆啦A梦的口袋，还是赤脚医生的百宝箱。

人到中年，不偷偷学点医学知识，真的不好混。就连不擅社交的十三姐夫，有了娃之后也突然开始热衷跟医生交朋友，他十分努力地研究药盒里的说明书，为的就是带娃看病的时候能跟医生唠嗑。他问医生："你是打算给我儿子开氢溴酸右美沙芬，还是马来酸氯苯那敏，还是对乙酰氨基酚，应该肯定不是甲基伪麻黄碱吧……"医生肯定心想："神经病，不都是感冒药吗！"虽然哪怕抬头看他一眼都算输，但那个医生还是抬头看了，那应该是一个专业医疗工作者对一个自学成才的中年人所表现出的最大尊重了。中年男人逐渐喜欢自学成医，学成半吊子，但总比啥也不懂要强。

我老公自从关注了一些医学类公众号之后，经常摸着自己的肚子沉思，沉思完了就会发出一些疑问，比如"我好像有脂肪肝了""我好像十二指肠需要检查"……唉声叹气一番之后得出结论：

"我今天得早点睡。"但如果我发出一些疑问，比如"我好像老花眼了""我好像膝盖不大舒服"，他就会说："玩手机玩的。"

对待自己特别科学，对待别人全是玄学。

而中年妇女们则更注重效率，擅长"以医会友"。只要加入一个中年妇女比较多的群，你有病，她们就有药。我光是从微信群里其他妈妈那儿学到的医学知识，就胜读十年书。

在老母亲群里，我第一次知道了一些皮肤病的治疗方法，知道了胃的各种不舒服分别对应着可能的问题，知道了角膜塑形镜是啥玩意儿，知道了牙科的各种门道……尤其是学会了解读体检报告。对中年人来说，体检报告是大功率灭火器，专治各种不服。只要不体检，我好像就没病；只要不验血常规，我就不知"三高"为何物；只要不查心肺功能，就不怕血管爆表，还能继续吼娃拍桌和跺脚。但体检报告一旦出来，那就是中年人的又一轮学海无涯苦作舟。我们通常会选择先在中年人的群体里循序渐进地接受那份报告。有时在群里弱弱地问一下，会得到来自不同人的相似答案，很通俗易懂接地气，总有那么一两个久病成医的中年人会告诉你"都不是事"。

虽然这么说不厚道，但对我们来说，看到大家都多多少少有点病，瞬间就会放松很多。毕竟人最大的病，是心病。治疗心病，靠的就是放松。剩下的就是软绵绵地躺在沙发上，来一杯陈年枸杞红枣茶，面朝东方虔诚念叨：神啊菩萨啊太上老君啊玉皇大帝啊。疯狂学了一顿专业医学知识之后，把自己交给命运。

悄悄学医，会有瓶颈，这就导致我们每次看到专业人士都两眼放光。前几天我去参加一个活动，主办方介绍了一位朋友给我认识，我本想寒暄一下走个过场就溜，结果一听那位朋友竟然是精神卫生中心的主治医生，我马上就来精神了。

巧的是，对方一听我是中年妇女及老母亲代言人，马上也来精神了。供需关系的闭环形成了……我们俩在那次活动上聊了很多，完全顾不上周围的灯火辉煌、莺歌燕舞，我们尽情畅谈着精神方面的问题，从失眠到焦虑再到抑郁，当下医学对中年人普遍存在的精神问题的缓解与治疗方式的进步，光听君一席话，我觉得我已经被治愈了。

在场的各路大佬，不管多大，在那一刻都没有我们的精神卫生中心的主治医生大。中年人的安全感总是来之不易，但多一个医生朋友，就会多一份自信。

但归根结底，中年人还是不自信的时候多，疑神疑鬼已成常态。前两天刚听说有个老同学闲得没事做了个基因检测，发现自己携带着易发双相情感障碍的基因，然后就开始茶饭不思，一直在琢磨："我到底什么时候会发病……"还有的人，每掉一根头发都要惆怅半天："我到底是肾虚还是甲状腺有问题……"

有一次十三姐夫头晕想吐，跑去医院，医生让做个血常规，他坚持要来个"镇魂"三件套——B超、核磁加CT，还悄悄跟我说"医生不懂，不做全套根本查不出病来"。一顿折腾后啥问题没有，他一口气喝了一杯冰可乐，说："应该是累的，今天得早点睡。"至于中年妇女，尽管也在悄悄学医，有的还中西医结合着学，但正如"你知道的越多，你不知道的也越多"，所以，我们不自信的时候就更多了。每次吼娃时总会怀疑自己心脏不大好，每次生闷气总怀疑自己血压有点高，每次熬会儿夜总觉得身体器官又退化了，晚上该睡觉的时候好像患了失眠，白天该工作的时候总觉得得了嗜睡症……

然后，打开百度又是一顿偷偷摸摸的学习，得出的结论经常是"早发现早治疗"，越看越吓人。再加上队友的"加持"，我们的不自信扩张了。以前絮叨几句哪儿哪儿不舒服，队友的台词从"多喝热水"到"少玩手机"再到"你就是缺乏运动"，现在他又多了一项："你大概是更年期……"

就连我那刚刚三十出头的表妹都怀疑自己是不是早更[①]了，她拿出网上找来的"早更症状"逐一对照，发现竟然一大半对得上！昨天她还给我分享了她从居委会借来的"宝典"，让我一起学习。

行吧，中年人什么都得学。我们已经通过带娃长大，学会了小儿内科的大部分医学常识和常用药知识；又通过带长辈看病，掌握了不少心血管、骨科、内分泌科、外科甚至肿瘤科的知识。虽然没人想设身处地地践行这些知识，但生而为人，又正好是夹在当中的中年人，我们正在逐步逼近把这些知识用于自己的岁月。至少《妇女更年期卫生》应该是一本好书，值得我们一起悄悄学习，然后惊艳所有人。

---

① 早更：更年期综合征提早的现象的统称。

下降空间

　　我们家的钟点工李阿姨，虽然一周就来两三次，但她不在时我也好像时常能听见她在说话，都出现幻听了……可能是因为她平时嘴太碎，谁家买了什么黑科技清洁产品，谁家坚持健身瘦了几十斤，谁家两口子闹矛盾老婆回娘家了，谁家小孩得了什么稀奇古怪的奖了，方圆十里内最前沿资讯和八卦新闻没有什么不能被她传递的。每次听完她传递的那些资讯，我都像得到一次洗礼，感觉自己的段位又下降了一截，各方面都和别人有了差距。

　　有一天李阿姨来我家，看到我老公正在看电子书，就对他说："起来动动。"我老公愣住了，没反应过来。李阿姨又说："你老坐在这儿，中医称之为久坐伤肉、气血不畅，会让你下肢浮肿、肌肉萎缩，还会导致脑供血不足、精神萎靡、阴虚心火内生，引发五心烦热……"我们俩面面相觑好几秒，不知道这一刻应该怎么做才能缓解这种既有点不认同但又完全无法反驳的尴尬。我只好说："对对对，阿姨你说得对，这几种症状我们好像都有！"

李阿姨满意地说："你看，我说得没错吧，你们要多动动，再说你们总盯着屏幕，眼睛也要不行的吧？"

我说："眼睛现在还行。"她说："不能光看现在啊，现在行，不见得以后一直行。"原来李阿姨的恨铁不成钢中还带着期许呢，这意思是，总有一样行的以后慢慢会不行，所以，你们现在也不算太差，还有很大的下降空间。

我也知道，这届中年人确实很容易让人失望。尤其我这类，又懒又得过且过又喜欢给自己找借口，还喜欢装鸵鸟，上次跟李阿姨说"只要我不去体检，就没有病"的时候，她觉得我精神有点问题。而李阿姨就不一样了，她似乎每周都带着某种憧憬在生活——下周要去体检了，下周要去办游泳卡了，下周要去报个西点班了，下周要和小姐妹去逛"奥莱"了……生活得充满计划性和节奏感。

真羡慕她这种老公和孩子都在外地，自己过着"白素贞"一样自由和有仪式感的生活的人。而我们这种中年人，看起来好像财务自由、家庭稳定，但我们更像是在混日子。工作起来就是在电脑前待一整天，结果导致精神萎靡，晚上跟娃还要经历一次精神和肉体的双重拷打，好不容易静下来，总会有各种不得不做的事把我们的灵魂按在地上，我还真没办法把那么多气血用到计划性和节奏感上去。像我们这种记事全靠备忘录的卑微中年人，基本很难去思考下周干啥，我们只能思考今天还有啥没干，看看家长群里还有没有什么没打的卡……

在上海，像李阿姨这样知识面多元、见识广博的阿姨是很多的，现在想请一个各方面满意的钟点工阿姨都挺不容易，倒不是难在我们看不上合适的，而是难在好的阿姨可能看不上我们。

一个优秀的阿姨，总能让我们近距离感受到什么叫"自知之明"——以为自己还不错，听阿姨随便讲了几个别人的故事就发现自己唯一还不错的就是下降势头保持得不错。比如我家阿姨有一次告诉我："别人像你这个年龄，体重在105斤左右才算健康。"我："……"

我们家上一个钟点工王阿姨刚来我家时，有一天站在窗台俯瞰小区园景许久后，对我发出感慨："你们这个小区啊，不大行。你看看，已经晚上7点多了，小区里怎么这么多小孩在狂奔？这个点，小朋友们不是应该在练琴、练书法、练劈叉吗？"

然后她饶有兴致地回忆起之前工作过的某小区，一到傍晚时分，钢琴声、提琴声、单簧管声，此起彼伏……练芭蕾的、练中国舞的、练武术的，比比皆是……学书法的、学国画的、学油画的，藏龙卧虎……那才是一个高端小区应有的样子。

而像我们这种小孩满地跑，家长也有点"不务正业"陪着瞎玩的，简直就是不注重教育、整体素质落后、没有上升空间的落后小区。

其实每一个中年人都很容易被整个时代道德绑架，处处都是"你应该做什么"。

阿姨就曾经问过我："你们家孩子怎么没学钢琴？我服务过的人家里孩子都学钢琴。"你看，人到中年背负的任务可太大了，我儿子万一长大后看到周围的人都会弹钢琴，他会怪我吗？但后来我也想通了，别沉溺于这种心态，可以从其他地方找补嘛，比如以后周围的人都会弹钢琴，而我儿子却是唯一将电烙铁玩得好的，和他爹一样，过上出淤泥而不染的人生，怎么了？

这年头什么都能卷，保姆也一样。有些见过世面的保姆，本身就是一个教育实践专家，她们见识过的育儿法则，比我们吃过的牛油果都多。我家阿姨说："Lucas 他妈从娃上一年级开始，就整天不舒服、浑身无力、没胃口、爱发脾气、脱发、晚上失眠白天嗜睡……然后她就研究起中医来了。"

Lucas 是李阿姨每天接放学的孩子，就在我家斜对面的菜场小学，但我从来没听过他的中文名，现在的菜场小学段位也挺高的了。

"Lucas 妈妈自从开始钻研中医后，天天抱着书，没空干别的了，孩子也不接，让我去接；孩子默写她也不管，让我去看着；孩子吃饭她也不做，也是让我做。我每天在她家五个多小时，充实得很，一分钟都闲不下来。她啥也不干，结果现在气不虚了、睡眠好了、脸色红润了，看样子是打通了全身气脉，健康得不行！"

听完这些，我有了一种感觉：好像全世界除了我以外，每个中年人都已经找到了最好的、最适合自己的养生续命方式，只有我不够爱自己……不过我觉得 Lucas 妈妈也不能就此放松警惕，她儿子才上一年级，她的中医知识储备总有不够用的一天，她也有大把的下降空间。

我也能理解李阿姨的这种充满干劲的饱满斗志是怎么来的。每天下午在学校门口接小孩的那些阿姨其实也要 PK 的……王阿姨家孩子妈怀二胎了，她最近在学母婴护理，准备冲刺考个证；陈阿姨去年从急救培训班毕业，还会游泳和跆拳道，这两年会急救和跆拳道的阿姨可太抢手了；李阿姨在家都开始双语交流了，每天用英语报菜名，估计明年可以找个老外家庭了，工资又能翻倍……阿姨不"鸡血"，也很难上升。

英语报菜名我是不行的，跆拳道和急救我也不懂，母婴护理我更是毫无概念，果然，我们的下降空间不但可以横向发展，还能纵向延伸。我们的精力有限、耐心有限，能做的只有维持现状，不跌破底线。每个人都在自己的生活圈里和别人比，有些比得过，有些差得远，我们可以试着去降维打击，比如跟一些不谙世事的年轻人吹嘘中年生活的各种风景，以掩饰自己对年轻的怀念。

现在每当有年纪轻轻的朋友在我面前慨叹他的"精力和体力大不如前"时，我都不会去嘲笑年轻人无病呻吟——还没体会中年的混沌，谈何大不如前。我只会去鼓励他们——不要太过焦虑，生活总要继续，一定要趁年轻保持努力，不断提升自己，为迎来中年时更大的下降空间做足准备，降也要降得比别人优雅。

还有机会

我一周出了两次差，在飞机上以"两倍速＋"快进看完一部电影后写观后感，在酒店看着窗外晚上 10 点多还灯火通明的写字楼，灌下 80 毫升白开水，一口气写完了后半段。音响里放着一首阴森森的乐曲叫"Eternity"（《永恒》），手机收到一条短信，上海城隍庙祝我生日快乐。

悄无声息地平静度日，总会被提醒自己又大了一岁，被银行、保险、加油站、健身房慰问一番，紧接着城隍庙也来参与了，这验证着我们逐渐向意识流屈服的样子，在匆忙的生活之中，我们也会给信仰放个假，收获些许内心释怀。

别管什么状况，身边总能找到一个有经验的已婚女性来给你现身说法。有完美改变了婆媳关系的，有搞定双方父母接受丁克的，还有从三十四岁到三十八岁都在解决一个劈完腿死赖着不走的男人的，全套实战经验直接面授。把自己的生活掏出来说事那就不是说教，那是教科书。有人觉得这有点油腻，我不觉得油腻，有目的性的叫油腻，没有目的性的叫醇厚，纯粹播洒光和热，共享爱与和平。

在这十年里，日复一日地过着凌乱忙碌的生活，柴米油盐、照顾小孩、拯救身体、工作、创业，一直在改变，一下子就把十年耗完了。婚后十年，女人几乎都是一本行走的生活指南，该想明白的都想明白了，该装傻的也能轻松装傻。到了这个年纪，你能想到的关于女人能经历过的幸福和惨痛的事件，我基本都经历过，包括感情危机、中年危机、职业危机、家庭危机。各位在一个三四十岁的女人的文字里，以为会看到她的灵魂，却又很难真的看透她的灵魂，无论成熟还是幼稚，都有可能是装的；无论幽默还是悲伤，也都有可能是为了掩藏。十年里，很多人经历过产后抑郁，体会过对婚姻的失望，遇到过职场被坑、工作碰壁、朋友背叛、亲人不理解，也有过和自己的身体艰难抗衡，尝试过改变自己，有些努力会成功，有些努力徒劳无功。你不经历这些，你就很单薄，扛不起以后更重的担子。绝大多数结婚十年的女性，都在孩子、家庭、工作里摸爬滚打了，但只要扛得住这些，都算"硬核"。

她们普遍不相信"鸡汤"，但相信运气和运气背后积累了十年甚至二十年的能力、格局、资源。但只要结婚十年后还好意思做一个有趣的灵魂，那么什么失败都不是事了。所以，年轻的姑娘们，根本没必要去想"我四十岁的时候会成为什么样子"，你现在二十岁所做的事情和三十岁成为的样子，都决定了四十岁时你是谁。如果你在二十多岁就觉得定型了，那你就没有希望了。如果你在三十多岁觉得竞争不过别人了，那你已经输了。没有人是在四十岁时获得一个空降的灵魂，突然变得优秀起来的，必须在每一个年龄段都一直保持"还有机会"的信念，这个信念才是女人最大的财富。

浪漫太贵

看到某钻石商的广告，卖钻石的宣传语写着"我心仪，我掏钱"（for me, from me）。用通俗点的话翻译一下：我喜欢就自己买……

海报上，一个女人捧着个硕大的钻石耳环，给自己戴上了。

唉，这届钻石商不行，说好的浪漫呢？情调呢？意境呢？

再这样下去，下一届女人该戴上安全帽，系上防护带，扶着挖掘机的大吊臂，深入地心，亲自掏裸钻去了，那多"带感"？

二十年前，钻石的海报上首先得有一个男人，他长着一张帅气的脸，用集万千宠爱于一身的眼神，凝视着身边娇滴滴的女子，为她戴上四克拉打底的钻戒，那象征着永恒的爱、美满、幸福，以及有钱。

二十年后，钻石海报上的男人……咦？男人呢……怎么只剩女的了……

呵呵，这二十年到底发生了什么？女人不仅成了那个自己拧瓶盖的人，还成了自己给自己买钻石的人。

钻石商也很无奈，不是男人没出息，实在是结婚率有点低。那几百万剩男连对象都没有，钻戒实在没销路，于是商家最好的办法只能是鼓励女人自己买了……

他们非常与时俱进，努力把珠宝定义为"权力和独立的象征"，而不是代表婚姻的承诺。毕竟"婚姻的承诺"这种东西太缥缈，那空洞的安全感远不及给你一套满分数理化模拟卷来得踏实。

珠宝在婚姻领域的"男性主导"定义开始弱化，对广大男性来说这可能是一大利好。估计再过二十年，女性得给未婚夫买个大钻戒，否则对方不答应结婚。

钻石商在经历了这些年的摸爬滚打之后，终于顿悟：原来女人才是这个社会的消费主力，正所谓"妇女强则国强"。

"妇女强"也不是没有原则的，女人毕竟是女人，女人永远不想放弃浪漫这件事。

我前几天去看一个朋友，她刚从大公司离职，并且刚做完一个小手术。一进她家门，看到桌上放了一束红玫瑰。我问她："谁这么浪漫，送红玫瑰给你呀？"

她说："我自己在网上订的，刚送来。"

在过去，这话从一个女人口中说出来，略感凄凉，但从这届妇女嘴里说出来，我们会觉得这是真"硬核"。

等全世界的浪漫太慢，等别人给的浪漫太累，最简单粗暴的浪漫，都是自己给自己的。

这就和"心情好买个包，心情不好买个包"是同样的道理。别管买的是菜包还是肉包，能填饱肚子的就是好包。

二十年前，最打动人的爱情是紫霞仙子的那句："我的意中人是个盖世英雄，有一天他会踩着七色云彩来娶我。"那时候大家心里正能量多得冒泡，找不到对象的都以为缘分未到，满脑子沉浸在期待中，日色变得慢，车、马、邮件都慢，一生只够爱一个人什么的……年轻真好，可以做梦。

再后来，他的确踩着七彩祥云出现了。结婚以后，我更确定了，他就是那朵云本云。当年的结婚钻戒，早已塞不进我最细的那根手指。

结婚纪念日那天，200斤的巨婴早早地躺在身边打着呼噜睡着了。我打开购物车，心里头盘算了一下需购清单：羽绒服清洁剂、全家的复合维生素、儿子的滑雪裤，感觉下周的衣食住行各方面都安排得妥妥当当，满心餍足地在点击支付之后睡了。

如今女人的浪漫已经告别了荷尔蒙的冲动，转变成细水长流，你得扶着腰、用心体会。

她们最大的满足感，或许就是当你买完一家老小的生活物资之后，闲来无事，一时兴起，给自己买颗钻石来庆祝一下瘦了3斤。

以前的女人说起钻石珠宝，基本都是："啊，太贵了，一条钻石项链都够我买好几年的名牌衣服了！"

现在的女人说起钻石珠宝，基本都是："啊，性价比真高，一条钻石项链还不到半学期的数学一对一精品课学费！"

优越的人生价值论，在这届妇女身上熠熠生辉。

钻石与其用来彰显什么永恒的爱情，倒不如用来纪念我的财务自由，自己能给自己制造浪漫，才是永恒的浪漫。

结婚前觉得那个为自己买钻戒的男人的背影何等伟岸，结婚以后发现他给娃连续投币十八次摇摇机的身影才是顶级性感。

年年岁岁花相似，岁岁年年价不同，从摇摇机投币过渡到兴趣班和补习班的花钱不眨眼，更是令人重燃爱意；收到报班大礼包时的欣慰，远远胜过当年戴上一枚卡在无名指上勒得血管疼的钻戒。

最近看到一则新闻——"女子被公主抱骨折后起诉男友"。我摸摸压根摸不到的肋骨，扶了扶腰，心底油然而生一种劫后余生的快感，浪漫主义害人啊。

我们不妨在工作的间隙站起来扭扭脖子伸伸腿，给自己一个托马斯回旋曲体熊抱，我们中年妇女是没有人抱吗？啊？不，我们可以自己抱自己，安全第一。

比起被老公抱起来原地转体三百六十度这种事，下班路上路过漂亮的小店给自己买一条粉色的小羊绒毯子会显得更浪漫一些。

中年夫妻经历了这些冒险和劫难，别纠结什么卿卿我我的了，你会发现更高级的浪漫是一起经营体重的稳步增长和发际线的平稳后移。把花在研究浪漫上的力气都用到钻研期末考试的复习要领上，想必那才是一种无言的爱，好似岁月在你我身上同时镌刻下的印记，像是见证了哪怕沧海变桑田也不离不弃的誓言，让吵了一辈子的冤家也能红尘做伴。

除了和云配偶之间的浪漫，我们这届女人还练就了一手自己创造浪漫的本事，除了兄弟情，咱还有姐妹情，自给自足，互相取暖。

工作累了一天回到家，颈椎酸疼得厉害，以前总觉得有人给自己按摩是一种浪漫，可现在靠老母亲们之间的聊天就搞定了，不信？

你品，你细品。

我们的期末目标是及格——抬头望天。

我们的期末目标是达到平均分——平视前方。

我们的期末目标是年级前十——低头凝噎。

我们这学期数学免考——扭过头去。

来，跟我一起念。几个回合下来，你的颈椎病全好了。

社交更贵

如果说婚后女性还愿意社交，那多半只喜欢和两类人社交，一类是真正彼此喜欢、相处舒服的好朋友，另一类是只看利弊不管对错的人，比如孩子的老师、同学的家长以及甲方。除此之外，我们在很多关系上会变得越来越疏离。

有时参加一些人数比较多的活动，我基本会全程扮演一株观赏性植物，把所有需要语言交流、肢体交流的事都交给我的同事，我只在没法逃避的时候偶尔负责少量的眼神交流。

有一次在活动现场，同事跑来跟我说："你看那边，不是那个×××吗？之前跟我们合作过的，要不要过去打个招呼？"我问："合作过？那个合作完成了吗？""完成了啊，很顺利啊。""哦，那不用打招呼了，我没啥话好说，你去就行了。"

她瞥了我一眼，说我社交无能，气呼呼地走了。我想起了港片里黑帮老大们爱说的一句话："当年大哥刚出来混的时候，也像你这么勇敢的！"

不管年轻时的我们多喜欢抛头露面，多擅长拓展交友圈，到了一定年纪，这些技能多多少少都会退化。人到中年，总觉得越来越多的人和事可有可无，当然，我们也相信，自己在对方眼里也一样可有可无。

我们不再会为了记住某个人并让对方记住自己而努力地强行地去探索对方的世界，接近他讨好他试探他，但有一件事我们特别擅长——我们会在一段时间不联系后很快忘了他。

现在对我来说，就连熟人社交我都希望快刀斩乱麻，聊事挑重点，别耽误我接孩子……作为一个一出门就想回家、一社交就想绝交的中年妇女，商业社交就更令人头皮发麻了。每次我都欣慰地看着别人热络地聊一些废话，而我心里想的只有快点脱下高跟鞋，卸了妆，换上全棉睡衣，找个六尺大床，躺下。

我身边有一些年轻人非常热情，动不动就很自豪地说："我有个同学／我有个朋友／我有个邻居／我有个干妹妹是干吗干吗的（听起来都是很厉害的角色），有机会我介绍你们认识呀……"每到这时，我内心总有一万匹羊驼呼啸而过，脑海里回响着三个终极问题：

1. 我为什么要认识你的同学／朋友／邻居／干妹妹？

2. 你怎么有那么多很牛的同学／朋友／邻居／干妹妹？

3. 我为什么没有这么多很牛的同学／朋友／邻居／干妹妹？

于是我只能安慰自己，也许我曾经也有过吧，只是没有珍惜。但现在，你就算把这些人组团带过来给我认识，我还害怕呢。我总是告诉自己：中年人要做减法，减少无效社交，减少塑料交情。就这样，我发现我过得舒坦多了。也正是因为这样，很多中年人正在不动声色地彼此绝交。

中年人的绝交，就像中年人的感情一样，是慢条斯理的、不温不火的，没有惊天地泣鬼神的波澜，也没有海可枯石可烂的波折，就很优雅地渐渐没什么联络了，最后也许只是出于道义，在朋友圈里给对方留一个"三天可见"，就像给前男友留一个已注销的邮箱地址似的，它就是个告别仪式。其实在这个过程里也有很多人有过困惑，总以为是自己出了问题。

不久前我的一个朋友也问我这个问题，她说："我怎么感觉越来越不想说话了？而且我越是不想说话，就发现需要社交的场合越多，导致我经常很烦，一烦就暴躁，该怎么办？这是病吗？"

我告诉她我也一样，在家不想说，出门不想说，最好谁也别找我。今年8月，我自己租了个老洋房闭关了三十天，在这三十天里，我的闺密来了二十天，她每次带着大包小包进来，然后我们开始吃喝，可以全程不说话，各自干各自的事，想各自的问题。很多时候，最好的朋友聚在一起也只不过是"组团静静"，多说一句都觉得聒噪，而闺密的作用就是让"静静"变得不那么冷，想说能说到一块，不想说可以立刻安静，这是最高境界。

如果问已婚女人为什么活得越来越像失踪人口，那说来话长。但有一些浅显而又扎心的原因，总有一款适合你，比如：

因为觉得彼此有很多教育理念不一样（尤其是对方的娃是牛娃）；

因为各自的生活轨迹没有交集（尤其是对方比我有钱）；

因为品位和审美不在一条线上不想苟合（尤其是对方比我瘦）。

所以，中年人为啥开始主张做减法，为什么年轻时不做减法？

主要还是因为年轻时以为自己还能拼得过别人，而现在……你品，你细品。

"不想说话"这种高级素养，之所以养成得这么快，主要是因为能给我们自由发挥的场合也少了。

有一次我和助理一起去麦当劳吃东西，听到右边桌的一对老夫妻在跟一个年轻姑娘聊天，内容里有很多金玉良言，比如"没找到更好的工作千万别辞职"；又比如"在上海生孩子有什么难的，可是养孩子难啊，你没有这个实力就不要生，生孩子就是害了他"……

我听完感慨良多，正准备借着这个话题给助理说说我的人生经验，她突然说："啊，你听见没，左边一桌俩妹子正在聊考研、保研、实习、offer（录用通知）啥的，勾起了我好多青春回忆啊！"然后她开始感慨时光，追忆当年初入职场时自己的迷茫和失误……

听得我也想回忆青春了，等等，我的青春是啥样的呢？大脑极速转动，飞快挖掘着记忆，有点累，算了，不想了，我目前能轻松记起来的事，最远追溯到上周。上周朋友介绍了个老中医给我把了个脉，然后开了个方子写了整整一页纸，由于没有一个字我能看懂，于是我随便指了一个问医生："这是治什么的？"他说主要有安定效果。你看，医生随便把个脉都能知道我容易暴躁，唉。

我好不容易有了点讲话的欲望，却被她的青春撞了一下腰，瞬间把话吞回了肚子里，转身拿出包里的保温杯，喝了两口不怎么热的菊花茶。为了打破僵局，我又打算借着这杯菊花茶跟她再聊聊养生，突然她又说："我这杯可乐怎么不冰啊，我再去要点冰块！"

唉，人生真是残酷啊，左边是美好青春，我无话可说；右边是残酷现实，我也无言以对；中间是自己疗伤，说了也白说……我发现我现在最适合做的就是闭嘴，保持沉默。

有朋友说，现在连同学聚会都很难搞成，本来同窗友谊是最珍贵的，但大家的生活轨迹差别很大，唯一的共同话题变成了名医会诊、养生分享、补习班对比、择校攻略……生活的苦实在没必要集中起来一起絮叨啊，于是同学聚会也越来越少。

在外想静静，回家更想静静。和队友能微信交流就不用当面说话，帮我取快递、今天谁接娃、晚上吃啥菜、明天要穿啥……简单明了不废话，尽量保证血压平稳，留着一口气带娃。

当然，不是说中年人都没有倾诉的欲望，有时候说话的冲动一直在，只是总会被一些暗物质给克制住，比如在补习班门口刚想和别的妈妈聊聊，交流一下选择方向，一问发现对方是学霸，没啥可说的了。

慢慢地大家就开始学乖了，少说一句有可能就解救了自己，最后变成有选择性地说话、有选择性地社交，不但终于悟透了什么叫"君子之交淡如水"，而且已经开始了"像猫一样交朋友"——我就在离你1米远的地方，不会离开，但也不想让你靠近。

不要问中年人"你有什么愿望吗"，他们也许会给你这样的答案："想出家算不算?"

其实据我所知，好多中年妇女每天都有一万次"隐居山林"的念头，最终还是由于山林里喝不到奶茶且放不下红尘牵挂而留在了红尘里。一个人待着实在是太好了。年轻时我好奇：为什么会有人自己一个人去吃火锅？现在当我发现一个人去医院看病都比两个人舒服的时候，我终于理解了。

不是我变了，是我长大了。但有一点是明显的：大多数中年人正在逐渐减少或躲避社交，先是间歇性自我减压——隔三岔五删一下压根不认识的"微信好友"，再退几个群；然后昭告天下，没事别联系我，如果非要联系请用微信，不要问在不在，直接说事，别打电话，我们不想接电话。

最好谁也别找我，我希望世界和平，且安静。